U0894994

开到荼蘼花事了

朱淑真 词传

王臣 著

CNS PUBLISHING & MEDIA 湖南文艺出版社 HUNAN LITERATURE AND ART PUBLISHING HOUSE 博集天卷 CS-BOOKY

图书在版编目（CIP）数据

开到荼蘼花事了：朱淑真词传 / 王臣著 . -- 长沙：湖南文艺出版社，2013.11
ISBN 978-7-5404-6441-7

Ⅰ . ①开…　Ⅱ . ①王…　Ⅲ . ①宋词—选集　Ⅳ . ① I222.844

中国版本图书馆 CIP 数据核字（2013）第 247203 号

上架建议：文学 · 诗词鉴赏

开到荼蘼花事了：朱淑真词传

作　　者：王　臣
出 版 人：刘清华
责任编辑：薛　健　刘诗哲
监　　制：蔡明菲　潘　良
策划编辑：邹和杰
特约编辑：尹　晶
营销编辑：尤艺潼
封面设计：天行健设计
版式设计：李　洁
内文排版：百朗文化
出版发行：湖南文艺出版社
（长沙市雨花区东二环一段 508 号　邮编：410014）
网　　址：www.hnwy.net
印　　刷：北京嘉业印刷厂
经　　销：新华书店
开　　本：880mm × 1230mm　1/32
字　　数：200 千字
印　　张：8
版　　次：2013 年 11 月第 1 版
印　　次：2013 年 11 月第 1 次印刷
书　　号：ISBN 978-7-5404-6441-7
定　　价：29.80 元
（若有质量问题，请致电质量监督电话：010-84409925）

/开到荼蘼花事了/

目录

contents

序言 一点芳心冷若灰

写这本书之前，读到那一句“断肠集里断肠泪，苦涩之中苦涩味”。阅读到它的那一刻，它便在默然里刺激到我身体里的某一处神经，于是恍惚之间身体里就聚集起一股气，冲动似的便写了起来。仿佛那是一种濒临爆破的欲望，而书写是唯一的通道。

孤独。这是我写作这本书时始终都能嗅到的气味。它融在空气里，在书册当中，在纸页之上。它就像一朵盛开在心房上的花，妖艳了所有原本静澜的时光。而这名孤独深入骨髓的女子，却因孤独而美。

于是，在我写朱淑真的时候，身体里从未出现过任何干涸的状况。她每一处的怨愁都化成一道一道的水从我的瞳孔灌进我的器官里。那骨血里的孤独感在她与我之间，架起了一座联结彼此的桥梁，隔着万世凄凉。

周汝昌老先生说：“保容以俟悦己，留命以待沧桑。”保养自己的容颜，固执不肯老去，是为了等到能愉悦自己灵魂的那一个人。这是生命必须承受之重，是生命里的一条硬道理。而这也是朱淑真那一生都在倾心倾力的事。

写朱淑真，是有一种使命感的。知道李清照的人那么多，知道朱淑真的人只是寥寥。而这名不被铭刻于史的女子，她的才情却是千古敻绝的。她大约是历史上唯一一名与李清照齐名的女词人。朱淑真留于世的那一卷《断肠词》，独有千古。婉丽幽柔里落花满地，清苦凄凉里又蕴藉自然。宋人评赞她“清新婉丽，蓄思含情，能道人意中事，岂泛泛者所能及？”洵非虚誉。

香港学者黄嫣梨是朱淑真研究与《断肠集》研究的集大成者。她曾有一段话讲得中肯：

> 朱淑真是一个把生活经验融会在诗词里的真实作家，她以优秀的才华，丰富的情感，把她的遭遇与心声，发为诗词，凄怆婉约，在我国的女性文学作家中，她是卓特而具有代表性的一位。时至今日，我们读她的作品，想见她的身世，对于这位女诗人、女词人，除了同情她的《断肠》情怀，赞赏她的横溢天才外，还要探隐索微，持公证正，给予她在我国文坛上应得的地位与评价。

朱淑真在文学史里理应得到更多的关注。她的诗词理应得到更广泛的传播。唯一的难处是关于朱淑真的史料少之又少，因此我竭尽所能地搜索文献，然后一点一点读，再一点一点解，最后一点一点写下，指望以此还原幽栖居士朱淑真一个真实的前世今生。

有女子写张爱玲时说过这样的话，指望还原一个张爱玲的前世今生。她说：“别急着嘲笑我，我也知道是痴心妄想，我哪里能够做到还原呢？不过是用我自己的心，照一照罢了。”我写朱淑真，亦是如此。并且即便倾付更多的气力也未必能将它做得更好。

人是一种总是活在情绪里的动物，悲喜无常，总把错觉认为是生命虚妄的真相。带着对《断肠词》先入为主的纠缠不休的印象，带着对朱淑真亦爱亦怜的情绪，写完了这一本书，然后我将那一句“独行独坐，独唱独酬还独卧”染成一枚刺青绣在了这一年光怪陆离的盛夏。

这也注定了这一场叙述的艰辛。于是这个过程，它显得既漫长又短瞬。但我知道，那一首一首陈旧的词中，一册一册泛黄的书里，压缩的是彼此的光阴、彼此的情意，是幽栖居士朱淑真的蕙质兰心。

人生自是有情痴，红消香断有谁怜。我始终欲让更多的人知道她，懂得她，记住她——这名沉睡在时光深处寂无声息、婉丽孤绝的女子——朱淑真。

王　臣

二〇〇九年六月

引 半随流水半随尘

滔滔溪水东流去，芳魂淹没何之罪？
触目此景悲无限，摧人肠断心欲碎。
断肠集里断肠泪，苦涩之中苦涩味。
姻缘簿上姻缘错，鸳鸯难得鸳鸯配。

一

朱淑真，号幽栖居士。汉族，祖籍海宁（今属浙江），后来定居浙江钱塘（今浙江杭州）。南宋著名女诗人和词人，也是宋代作品最多的女作家。虽一生创作诗文丰硕，却因父母的焚毁，现留存于世的文字只有寥寥。后临安王唐佐为之立传，宛陵魏端礼辑其诗词，名曰《断肠集》（后人将之分为诗集《断肠集》、词集《断肠词》）。她是中国古代唯一一名可与李清照比肩的女词人，与李清照堪称宋代的“词坛双璧”。

她的生活年代大约在宋高宗绍兴五年（1135年）至宋孝宗淳熙七年（1180年）间。朱淑真终生抑郁，抱恚而死。在世四十多年。事迹不见于正史。

二

时间约莫是南宋绍兴年。宋高宗赵构南迁至越州，升越州为绍兴府。后迁都临安，也就是钱塘杭州。绍兴成为陪都，成了皇室宗亲居地和帝后陵寝之所。就在这座杭州城里，城南坐落着一座隽丽的园林。那一处便是世代为官的朱家的居所。

朱家有一女，名唤淑真。自幼聪敏。豆蔻年纪已通诗词、工书画、晓音律，天资绝伦、才情卓尔。后因所作诗文流于殇情，被冠以“断肠”名之。词之凄美，惊为天人。

明人田汝成在《西湖游览志》里记载：“淑真钱塘人，幼警慧，善读书，工诗，风流蕴藉。早年，父母无识，嫁市井民家。”

朱淑真，年少时生活宽裕，性情单纯天真。适时，遇见那个对的他，欲与之厮守终生。这是一段矜贵的缘。锦色年华里遇见有情人不是一件容易的事。大多数人的感情都只能在庸常的土壤里生存。但爱，与婚姻无关。“父母之命，媒妁之言”才是旧时女子的择偶依据。于是被棒打鸳鸯散。朱淑真，二十年华便与少年分离，辗转嫁与俗吏为妻。

佛说：“人生七苦，生、老、病、死、怨憎会、爱别离、求不得。”爱别离、求不得。朱淑真撞了一个满怀。命有定数却无公允。她注定要与心外人共枕。这痛，非生之安逸的寻常人想得明白。更甚之处，命之鬼祟未止于此。朱淑真的丈夫粗鄙浅薄，婚后又狎妓寻欢，并娶妾离家，携妾室远赴任上，留朱淑真独守深闺多年。

非如卫道士所言，朱淑真的贞洁之心铿然始终，一直巍峨。只是那贞洁，不是给婚姻，是给爱。那爱，是朱淑真生之所系的信仰。不能缺。于是她选择“忤逆”封建伦理，与心魂牵系的他在夹缝里续上矜贵的爱。

这是一件冒险的事情，它危险重重。但是朱淑真知道自己所要的，是生之欢爱，不是明哲保身。哪怕他们说断肠词“未适乎情性之正”（《东维子集》），“岂良家妇所宜邪”（《词品》）。那爱是朱淑真生之苦难里唯一的光。这些，旁人怎会懂得。

朱淑真亡时正值盛年，未知天命。真爱泄露之日，便是自由被禁之时。夫家冠以“不忠”罪名将其禁锢。于是她终于决定要做一朵重生的兰。宁为玉碎不为瓦全。那就是向灵魂深处的光行走，握住生命里最后的一点暖。她选择离开。离开那个男人，离开三纲五常，离开愚昧，离开恶毒，离开苟延残喘，离开这个世界。若是无爱，她选择死。

人生自是有情痴，红消香断有谁怜。她对着这破损的红尘痴痴地一笑，便纵入波澜里。去罢，空留一书《断肠词》。光阴会知道，毁亡的不是她的身，永生的确是她的魂。自此，一段殇情流景终结在盛世荒年。

三

情爱不宽宏，不得眷慕。这女子一生情途多舛，流离在爱恨交织的光景里幽怨而终。半盏红绿抚平生，伤词一曲道尽了她一生的惆怅与悲苦。那些少女记忆里清暖的光，成了只属于她一个人的瘦西风。于是，她唱——独行独坐，独唱独酬还独卧。伫立伤神，无奈春寒著摸人。此情谁见，泪洗残妆无一半。愁病相仍，剔尽寒灯梦不成。

生如空花，人情喧嚣却依旧是寂寞当道。纵那人世丰美，却始终独行独坐独旦独息。光阴落至此处，读了朱淑真，便闻书起兴，欲让那孤独，来它一回尽兴。将它渗入风月里化成盈盈汁水，再一饮而尽。

爱如捕风落虚空。

独行独坐，独唱独酬还独卧。

词话一

满院落花帘不卷

弯弯曲（忆秦娥）

弯弯曲，新年新月钩寒玉。
钩寒玉。凤鞋儿小，翠眉儿蹙。

闹蛾雪柳添妆束，烛龙火树争驰逐。
争驰逐。元宵三五，不如初六。

——朱淑真《忆秦娥·正月初六日夜月》

最初的最初，她是一枚绝世好玉。碧色无瑕，映透着她单纯的质地。最初的最初，她是怒放的温暖新花。时间只是一条清浅的小溪，没过她的踝。她心意纯粹，优雅地立在水中央，顾盼生辉。像极了陌上荼蘼，香瓣翕合之间倾吐着自己的爱之热情。

淡红衫子透肌肤，夏日初长水阁虚。
独自凭栏无个事，水风凉处读文书。

朱淑真作的这一首小诗叫作《夏日游水阁》。意境极为欢妙。朱淑真老家是书香气浓厚的官宦家庭。因父亲为官，所以家境也殷实富裕。居宅豪华，婢仆成群。大小姐的生活自然也是悠游闲适的。加之她自幼聪慧，饱读诗书，精通音律，亦擅作画，所以朱淑真的少女时光过得十分好。

那一年的正月初六是好日子。因它明媚，因它葱茏，因它遍地是春光。节日气氛就在朝气蓬勃的新气象里变得浓厚。她立于不为人知的温暖角落观望着这红尘新世。头顶明月如清凉寒玉挂在天际，清透亮烈。女子容易对月生出情意。她总觉着那月既像姑娘的绣鞋般玲珑小巧，又如同少女的柳眉一般俏丽。

再看街市上。姑娘家脚穿小凤鞋、戴闹蛾儿、佩雪柳。盛装隆重。街市上的灯彩辉煌亮丽，成片成梦，如同衔烛的腾龙，如同燃火的夜树。她眼目之下呈现的世风的喧嚣与人情的热闹一点一点从她的皮肤渗透到身体里面。人总是会被环境影响，于是她陡然间便觉得满心欢喜。

那一句“烛龙火树”正合了苏味道在那一首《正月十五夜》里描摹元宵欢闹的“火树银花合，星桥铁锁开”。相传唐睿宗是大唐最擅享乐的君主。在位三年，逢年过节必大费周章地操办。尤在正月十五夜，定要命人扎起二十丈高的灯树，点起五万多盏灯，称之为“火树”。后来苏味道便以此为题赋诗一首。

所以，她说“元宵三五，不如初六”。这场面的隆重丝毫不逊色于元宵夜，她已然获得了欣悦并且非常满足。

此一时，这女子是真的温顺的。少女内心的天真是一种新嫩的圆满。那时，她尚是待字闺中的富家小姐，平日无须为生活愁恼。优逸的环境里她要做的事，只是读书、垂钓、弄花赏月。百无忧愁的少女生涯是她生命始端最为珍贵的部分。

而这一时期，朱淑真所作下的诗词文章多囿限于伤春一类，辞意轻快亮丽，并无深意。清人陆昶在评说朱淑真早期的诗时，也说“有雅致，出笔明畅而少深思，由其怨怀多触，遣语容易也”。与她后来作品当中体现出的深痛迥异。

朱淑真这一首《忆秦娥》便是如此。在这首词里，仿佛能读出那光彩景致的背后是一个小女子对遇见自己流落在红尘里的那一份女儿情的期许。抑或，这一刻，那个他已经正在某一处某一个巷口某一个桥头某一棵大树下望着她，望着这个水灵灵的姑娘。

儿时逢年过节的时候，会央求父母带自己去灯会。因为当时年岁尚幼，对事事皆有好奇之心。更因生性内敛，生怕一年里少时人情热闹的款款盛景被错过。对在人群中穿梭这件事时至今日仍有痴迷。春节前直到正月十五，这长达半月的时间里总被幼年的我们当成宝。于是，每到年终的时候，大人们一句“年已经过完了”，总会惹得心头阵阵寂寞。

虽现时已经不可能再见到戴闹蛾儿、佩雪柳的女子，但是朱淑真当时所望见的那番场景还是依旧可以从这几句词里大致想得清楚。

饰物精巧、装束隆重的姑娘们手挽手言笑晏晏穿行而过。满街的灯笼、花束。小贩吆喝着卖糖葫芦的声音。摊铺上的布匹锦绣光彩夺目。首饰店铺旁立着几名端庄也欢喜的女子。桥头站着等待一期一会的心上人的俊逸少年。亦只有不被夜光吞没的某一处有小情人的窃窃私语湮于这喧闹盛景里。就是这么一想，她心里便不由得生出温馨饱满的喜乐。

若说朱淑真置身这暖煦光景里对爱没有一丝期许是不能让人信服的。彼时，朱淑真正当花样好年华。如意少年郎在何方，何时遇见，这大抵是朱淑真将面前的盛景尽收眼底之时最关切的事情了吧。于是，在朱淑真眼里，纵使是“火树银花合，星桥铁锁开”的正月十五元宵夜的盛景也不及此时的情意难却。

因此，大年初六这一夜，她的光阴亦是暖如旧时。这一夜，她的心是少女情怀当中的愉悦新嫩。她在用内心担当的冀望去迎对自己的漫长去路。她甘愿这一夜让自己低进尘埃里，再开出花朵。元宵三五不如初六。时间因它而美。

爱是信仰。尤其属于那些温润女子。她们的爱也因此变得深刻，总有太多甘愿，甘愿为之赴汤蹈火。朱淑真更是典型。这也注定了她的下半生不能因着俗世的窄恶委屈了自己的爱。

她的痛苦是有必然性的。

又清明（浣溪沙）

春巷夭桃吐绛英，

春衣初试薄罗轻。

风和烟暖燕巢成。

小院湘帘闲不卷，

曲房朱户闷长扃。

恼人光景又清明。

——朱淑真《浣溪沙·清明》

她只是花上舞墨的情深女子。她要的，亦只是她一个人的情意生活里的微薄生色。只是，年少的她不知道命理不经意间的残忍决绝，她亦不会料想到那些在她更为漫长的人生里她所需要迎接的舛错和凄苦。但是无碍。

春园得对赏芳菲，步草黏鞋絮点衣。

万木初阴莺百啭，千花乍拆蝶双飞。

牵情自觉诗豪健，痛饮惟忧酒力微。

穷日追欢欢不足，恨无为计锁斜晖。

她依然耽溺于她的少女愿景当中自在过活。她的生活，此一刻没有丝毫的不妥。“扁舟夜泊月明秋，水面鱼游趁闸流。更作娇痴儿女态，笑将竿竹掷丝钩。”亦如上面这一首《春园小宴》所述的清散悠闲。

闲将诗草临轩读，静听渔船隔岸歌。

尽日倚窗情脉脉，眼前无事奈春何。

日子还是闲适愉悦的。可以午后倚窗读书、作诗填词，看云团，看锦鲤，看柳絮浮萍。也去分心静听渔船隔岸歌，这是她心中感情的逶迤之势下的貌合神离。自然而然，无须刻意。今日倚窗，心中脉脉情意肆意茁壮。她知道自己到了时候了，所以她开始为“眼前无事”的空落感到忧扰。

这一首题为《春日即事》的小诗与朱淑真这一首《浣溪沙·清明》词相映成趣。她是含苞待放的少女，内心对爱的憧憬单纯并且猛烈。她将那些情感的冀望编织到诗词里面，是给予自己某一种形式的交代。

彼时仲春，深巷芳香，夭桃盛放。

那一日，她早早地起了床，换上了新衣。屋外有燕子开始筑巢。这风尘和煦的日子里，举目可见是明媚，她心思里的欣愉是不言而喻的。只是这韶光倏忽就不见。待日暮，低垂帘幕，她再从窗口探出目光去，却只见朱门紧闭，游廊幽深。心里怎么也不能落得舒坦。因这春光乍现忽又退去，转眼是清明。

那一刻，望见春燕把巢筑，她心里对将来定是有很多期许的。那一个男人会是怎样的，是俊逸明朗还是才华横溢？这幻想里总是热烈妖娆的。她定是待嫁心切了。女子多流于爱之幻想，都有这样的一段时间，如她。

诗书、陈酒。这是独自的时间里最重要的东西了。刚与旧人道别，寂寞心思便不能自已。说那是得而复失的空落也不为过。空闺生活里，一点温情也是眷恋。哪能舍得。只是青柳不再鲜丽，枝条萧索。柳暗轻笼日，花飞半掩尘。莺啼声声惊了那梦中蝶。回过身来，春欲不再，愁思翻涌。还是那把酒读书的半梦半醒之间要来得暖得多。庭院深深深几许，寂寞心事无处躲。

王国维在《人间词话》中说："一切景语，皆情语也。""桃之夭夭，灼灼其华"，朱淑真望到的景便是她心里头的情。她对爱情的渴望这一刻已经非常明显。

少女时期的惜春往往带着另一层爱之憧憬的隐意。惜春是怕春逝，春逝是时光之损，她每每遇春暮，都要丧失周全的意识，变得惶恐、慌张。这是少女都有的症状，需要一些爱来对自己方能治愈的一些症状。所以此时的朱淑真内心势必也有一种无爱的焦灼。

初合双鬟学画眉，未知心事属他谁？
待将满抱中秋月，分付萧郎万首诗。

那么，她所爱的男人应当是萧郎那般才华横溢风神威仪的男子。这是她年少的心中最初的爱情理想，而理想是需要担负风险的。朱淑真并没有察觉到这件事情。她作下了这一首情意绵绵的《秋日偶成》来给内心的爱之冀望做纪念。

倦寻芳（生查子）

寒食不多时，几日东风恶。
无绪倦寻芳，闲却秋千索。

玉减翠裙交，病怯罗衣薄。
不忍卷帘看，寂寞梨花落。

——朱淑真《生查子》

寒食节又称作“冷节”“禁烟节”“百五节”，在夏历冬至后一百零五日，清明节前一二日。寒食节最开始的时候，禁烟火只吃冷食。但在后世的发展中逐渐增加了祭扫、踏青、秋千、蹴鞠、牵钩、斗卵等风俗。寒食节曾被称为民间第一大祭日，前后绵延两千余年。

读朱淑真的《生查子》，读到“寒食”一句便忍不住想起介子推那一段哀伤往事。这是自然而然的事情。

相传在春秋时代晋献公死后，晋国内乱，诸子争夺王位。公子重耳为躲避骊姬的毒害，携心腹逃离了晋国。流浪在外时期十分艰辛，不时要历经饥饿、歧视和磨难。

一日，重耳流亡到卫国，在一片大山林里饥不能行。众臣采野菜煮食，但重耳不能下咽。他说，重耳饿死事小，却忧百姓无宁日。后介子推独自走进山沟里，将自己腿上的肉割下一块，连同野菜烹煮成汤，递给了重耳。重耳接过之后狼吞虎咽，吃罢方才问起肉从何而来。身旁大臣告诉他那是介子推从大腿上割下来的。重耳听到后泪如雨下。

重耳流亡十九年之后，终于重回晋复国。而介子推不求利禄，与母亲归隐介休绵山。重耳求而不得，便火烧绵山，逼其出山。但介子推心意已决，宁死不从，母子二人焚身于绵山一株柳树之下。

介子推临死前于一片衣襟上写下一首诗——“割肉奉君尽丹心，但愿主公常清明。柳下做鬼终不见，强似伴君做谏臣。倘若主公心有我，忆我之时常自省。臣在九泉心无愧，勤政清明复清明。”

后来，晋文公拾得此片衣襟时潸然泪下，将之藏于衣袖，以此自勉。为了纪念介子推以及谨记心中纵火的深悔，下令这一日举国上下不得生火，皆食寒食。于是这一日，便叫作“寒食节”。

每每读到寒食背后这个“割股奉君”的故事，心头总是会热。总有这样的人，无论多少次，都要带给自己一样的惊动，那惊动之深丝毫不会减弱。介子推是这样的人，读朱淑真的诗词也有相类似的怅然。

她说，寒食节刚结束没有几日，便连着被吹了好几日的东风。《礼记·月令》有言，孟春之月，“东风解冻，蛰虫始振”。春光将消退，眼下即离索。秋千荡上也无趣，生得一身寂寥落寞。一个“恶”字道尽了内心对光阴流逝无奈的忧慌。而一句“玉减翠裙交，病怯罗衣薄”，写出了一个深闺女子愁尽心神弱不胜衣的娇怯模样。

惹人怜。

这女人的心思太葱郁，情性太缠绵。于是她寂寞带新愁，愁更愁。就像纳兰容若说的，“多情自古原多病，清镜怜清影”，一点都没错。“不忍卷帘看，寂寞梨花落。”光阴瘦，难载深情厚意。

读朱淑真这一阕《生查子》，旧时女子“淡东风立细腰，又似被春愁著”的动人模样跃然纸上。那点幽情袅袅，似雾蒙花，如云漏月，被这撼世的才女写了个淋漓尽致、透彻完全。

绝才女子总是寂寞。如同陌上莲，可远观而不可亵玩。除了那人之外，再无人可与之登对。那么，又要她们如何去惹着同床异梦的苦对那情外的人佯作笑脸、委曲求全？念离愁，只在生死相许的爱人里。与众生无关。那始终都只是两个人的事。

朱淑真欲说还休、欲诉还敛的幽柔映照在彼时的天空。

芳草远（谒金门）

春已半，触目此情无限。
十二栏干闲倚遍，愁来天不管。

好是风和日暖，输与莺莺燕燕。
满院落花帘不卷，断肠芳草远。

——朱淑真《谒金门·春半》

春时已半。

红绿已渐次萧疏，触目所及的景致里是清淡，清淡当中又有伤感。

这伤感非是因这时令渐阑珊的物象，而是因着内心对旧人的缱绻思怀所致。栏干倚遍亦无用。她依旧遏制不住内心的涌动。关于过往的欢悦，关于今朝的落寂，关于这女子无以托寄的爱情理想。她不是不忧愁，也因此会感伤。

她独自凭栏，视线里是了无生色的空荡。枯萎的花朵，萧疏的翠绿。冷漠的记忆里丢了魂魄的脸，成了暖煦的风日里与己无关的破碎意象。形单影只的顶上掠过成双成对的莺莺燕燕。她不如这飞禽，她比它们寂寞。

花谢了去，草亦枯萎，满院落花帘不卷，断肠人在天涯。她在独自舔舐时光深处撕裂的伤口。慢慢地，慢慢地，时间总要过去。剪不断，理还乱，闷无端，宿妆残。

作这首《谒金门》时，朱淑真已经嫁作他人妇。朱淑真用白描的手法将深闺女人心里的柔软脆弱与寂寥写得含蓄又深邃。它是煽情的，也是动人的。

在“父母之命，媒妁之言”下，朱淑真与深爱的初恋情人被拆散，嫁与了这一名与自己志趣迥异的俗吏。更不幸的是，那一个男人品性粗鄙低劣，染狎妓恶习。婚后，朱淑真时常独守空闺。到最后，男人竟然携妾远赴千里任新职，留下她一人伶仃孤栖。

她所嫁与的这一个男人不过是她八字之外一株生命力旺盛的野草，丝毫不懂得对她怜与爱。他也许曾垂涎过她的芳美鲜嫩，但是得到了之后，便弃之如敝屣。

这个男人不是特例，但亦只能代表那么少数的一群人。只是这样一群人却是真真正正地存在着。姿态光鲜，道貌岸然。络绎不绝地出现在那些婉善的女子的生命里，毫无顾忌，毫无诚意。但这些人，不过是造物主的败笔，并不值得太多地注意。

她初嫁时，也是有欣喜的。那欣喜纵然看过去很可疑很刻意，但至少她并不是不知道圆融的。她已无计可施，所以试图与他有圆融的生涯，但依然不得。

她写了数十首春景愉悦的诗。一部分是少女时所作，词意浅白。一部分便是初嫁人妇时所作，意蕴新禧。那首题作《早春喜晴即事》的小诗是此时期的典型诗作，有初为人妇的欣愉，那时她对他尚一无所知。

山明雪尽翠岚深，天阔云开断翳阴。
漠漠暖烟生草木，薰薰和气动园林。
诗书遣兴消长日，景物牵情入苦吟。
金鸭火残香阁静，更调商羽弄瑶琴。

积雪消融，山色清明。日光照过，天地之间豁然有一股广阔辽远的气息。暖烟雾霭中，草木萌生，整个院落园林生机复苏。她初嫁过来，新禧尚余，闲来便把酒吟歌赋诗遣兴。但这些欢喜是短暂的，经不住掂量便一点一点退了去。她始终都要用孱弱的身体来应对彪悍的蛮夷。

所以朱淑真的孤独当中，并非只是寻常怨妇的呻吟。她心头始终是有一个念头的。这个念头牵连着她心底对旧爱未死的惦念，将对她的下半生产生导引。她时刻在为自己的余生里的最后一点欢愉的可能性酝酿。绝处逢生的能力，女人往往会大于男人。

于是像朱淑真这样少女时光与婚后境遇落差巨大的女子，总会在深仄的光阴里迸发出巨大的抵抗力与突破力。她且将内里的积极期许在她的字句里做出些微的泄露，然后握在掌心里沉淀。直到适宜的某一日，她便要从那暗无天日的深闺里走出去。

她内心的所向始终带着光给予她冥冥中的指引。只是彼时，那孤寂里的落寞又是无以为继的。她甚至不知道她所期许的那一个人是否真的会赐予她指望。穿越禁忌需要太多的勇气，她无法轻易给予他信心。连给自己都不能顺利，但她在持续。

靠近属于她自己的光。

词话二

幸有荼蘼与海棠

忆前欢（江城子）

梦不成（减字木兰花）

弄轻柔（眼儿媚）

意偏长（鹧鸪天）

忆前欢（江城子）

斜风细雨作春寒。对尊前，忆前欢。
曾把梨花，寂寞泪阑干。
芳草断烟南浦路，和别泪，看青山。

昨宵结得梦因缘。水云间，悄无言。
争奈醒来，愁恨又依然。
展转衾裯空懊恼，天易见，见伊难。

——朱淑真《江城子·赏春》

熠熠迎宵上，林间点点光。
初疑星错落，浑讶火萤煌。

着雨藏花坞，随风入画堂。

儿童竞追扑，照字集书囊。

朱淑真少女时亦曾是欢乐无忧单纯明净的姑娘。彼时，朱淑真作这首《夏萤》诗，流露出的少女内心的单纯真挚与对美好爱情的浓烈热望毫不保留。而后来走进她生活里的第一个男人确实带给了朱淑真最原始的爱情欢愉。那是一种至纯至简的美好。

只是，当她已经嫁作他人妇的这一日，她的爱情便注定要断裂出一道天堑沟壑，并且看过去，再也逾越不过。那一刻，她内心的孤绝如同深渊。此一刻，她思念滂沱。

“斜风细雨作春寒。对尊前，忆前欢。”斜风细雨，顾影自怜。春寒蚀骨，把酒忆前欢。女子的爱总是深刻并且执着。仿佛那一生都只是为了那一个男人存在。旁的人，再也不能入眼。他，不需要英貌，不需要才华，她只要他对她清寒朴素的好。如此，那深爱的过往再也淘洗不掉。

白居易在《长恨歌》里写“玉容寂寞泪阑干，梨花一枝春带雨”。朱淑真引来作“曾把梨花，寂寞泪阑干”。往事之绚烂与现时之空洞的对比令朱淑真对自己内心的情绪不能自已。她恍然间忆起与爱人别离那日的光景。

那一日当是父母之命已达，媒妁之言已至的日子。他们彼此都已经知道结局的模样。时间里的背离在逼近着最后的一点温存。他们知道，那暖，自此将不再。“芳草断烟南浦路，和别泪，看青山。”送君南浦，伤如之何？

日思夜梦，她再一次梦见他。初见时的模样，他依旧深情款款地望着她。他站在云端，他浮于她的红尘之上。若是可以有得望，怕是也够了。

只是，情爱流离成奢侈。一梦成空，再不见。醒来愁依然。辗转反侧难成眠。他是否听得见她的啜泣，她的呢喃：见天容易见君难。

生命不可预知，如同跋涉虚无之境。时间在男女欢爱的思念里是倏忽是转瞬是一刹是“水云间，悄无言”。见天容易见君难。“便做春江都是泪，流不尽，许多愁。”这是秦观《江城子》词里的句子。秦观也曾作词表达内心对男女情意之不可预知的体味。朱淑真的心事几人懂？秦观大约是懂得的。

朱淑真与旧时的爱人联系断断续续。他们是相爱的。他们是不能在一起的。他们是痛苦无奈落寞又心存一丝生之冀望的。他们在时间的流途里注定只能做一对颠沛的苦命鸳鸯。他们是山水画里被氤氲了的浮云流景。

调朱弄粉总无心，瘦觉宽余缠臂金。
别后大拚憔悴损，思情未抵此情深。

朱淑真写这首《恨别》所携带的情绪是明显的，是强烈的。自从与他相别，便再无心思调朱弄粉、梳妆打扮。她根本已经没有力量去给理应的行为寻找匹配的理由。为他消得人憔悴，身瘦骨轻，已觉宽余缠臂金。面色苍白，眼神空洞，灵魂仿佛被抽离了几绺。形神将要散般的折磨令她苦进心肺。

感情的事情无法咎由。思念不比别离苦。她为他作下的诗词不在少数，即便言辞隐晦，那源头处的情绪怕依然是与他有关的。又作《伤别》二首。

览镜惊容却自嫌，逢春长尽病恹恹。
吹花弄粉新来懒，惹恨供愁旧日添。

生怕子规声到耳，苦羞双燕影穿帘。

眉头眼底无他事，须信离情一味酽。

《伤别》其一。这一日她起床对镜，却见自己形容憔悴，不忍起怜。那怜的情绪里也有责怨。她对自己的脆弱不满，甚至忌讳。每逢春日她总是病态恹恹。离别旧恨尚未退尽，身心疲惫又惹新愁。她对自己无奈，对光阴也无奈。

别说杜鹃的哀吟不忍去听，就连帘下双飞燕，她也看得心中犯怵。欲避开一切暧昧细节，却又刻意不得。眉头眼底又无他事，她自然知道她的困扰只是因自心里的男人靠近之后又远行。相聚无约期。

双燕呢喃语画梁，劝人休恁苦思量。

逢春触处须萦恨，对景无时不断肠。

寒食梨花新月夜，黄昏杨柳旧风光。

繁华种种成愁恨，最是西楼近夕阳。

《伤别》其二。躲不开的始终躲不了。一双雨燕绕梁低飞，犹若爱侣呢喃。她看出来的亲密让她忧从心来。女子的敏感在她的身上被一点一点落实，并且鲜明不已。她似乎想从那些细节当中得到规劝。苦思苦念并无意义。逢春必忧伤，这是她的伤之定律。明媚春光在此刻，入眼即悲伤，处处惹得愁肠断。

无论是寒食节月明之夜的娇嫩梨花，抑或是杨柳旖旎的黄昏丽影、旧日时光，都可使她形自哀怜。而这敏感的繁华之春里，最让她相思断肠的怕是那夕阳西下照西楼的那一帧画面了吧。这女子，生得顺利，活得坦荡，却爱得如此波折多舛。

她始终是失爱的那一个。若是能寒微无路谒金门，绝了想头，也就罢了。偏偏这命运留着一道缝隙让她看。她爱他，与他爱她，一种情意两样深愁。这相爱横亘在他们之间，好比天上人间的对影自怜，是水月镜花的不确定和虚无缥缈。

如毛细雨蔼遥空，偏与花枝著意红。
人自多愁春自好，天应不语闷应同。
吟笺谩有千篇苦，心事全无一点通。
窗外数声新百舌，唤回杨柳正眠中。

诗名《寄恨》。寄爱之冀望于归期别时。“水云间，悄无言。争奈醒来，愁恨又依然。展转衾裯空懊恼，天易见，见伊难。”

绝望才是意志力。人总在绝望里才能将最深的才情与心意爆破得完全。作《江城子·赏春》时的朱淑真尚未深堕绝望境地，但她未必没有千百次地设想过生命结局里的荒芜。但是在她的情念里，那濒临绝望的最后一点带着光的意志力必定是力量十分顽强坚固的，带着她穿越了几十年的光华。

她与他前世的牵系带来了今生的羁绊。

她注定这辈子要走在无处告别的怨思里。

因为深爱，于是不舍。

因为不舍，于是记得。

因为记得，于是怀念。

因为怀念，于是感伤。

因为感伤，于是美丽。

朱淑真的怀念是伤感而美丽的。

那怀人思旧的念头如同一幅泼墨的画。

愈美丽，愈阑珊。

梦不成（减字木兰花）

独行独坐，独唱独酬还独卧。
伫立伤神，无奈春寒著摸人。

此情谁见，泪洗残妆无一半。
愁病相仍，剔尽寒灯梦不成。

——朱淑真《减字木兰花·春怨》

寂寂疏帘挂玉楼，楼头新月曲如钩。
不须问我情深浅，钩动长天远水愁。

所嫁非偶是女人生涯里最悲的痛，孤独是郁愁苦痛里最大的魔。它是与生命一同生效的，它的存在是不需要任何条件的。时时刻刻。并且仿佛它是战无不胜的，一次一次又一次冲毁你身体里的脉络。总会有人以为自己是例外。

但谁也不能成为例外。朱淑真也终于带着心底那一个与初恋的少年一起默默许下的温暖的愿信誓旦旦地投向了孤独。如同从断崖的端处纵入大海，她只能在命运的河流中义无反顾。她别无选择。世事熬煮，生命里的错落，仿佛是与生共行的原罪。

这首词是朱淑真的代表词作。起句“独行独坐，独唱独酬还独卧”连用五个“独”字，不仅没有重复拖沓的感觉，反倒是将女子茕茕孑立、顾影自怜的凄婉情态写得醺意阑珊，是绝对的生花妙笔。

小女子独守空闺的时间里嚣张的孤独感如同剧毒一般穿透了她一行一坐一唱一酬一卧之间，仿佛要耗尽这个弱女子的最后一点心神，丝毫不得指望。

伤了神，寒了身。到底还是心头那一点有同于无的念头蛊惑人。少年早已不见，她依着记忆里年少时光的那一点暖，依着与他幽会的那一日获的生气在无望的时间里煎熬了这么多年，终于也是到了这个幻觉散灭的时刻。那一点指望也在这一日碎了去。她心有预料，也就是怔怔地望着铜镜里那个憔悴的女子“泪洗残妆无一半”的愁病模样。

女为悦己者容。悦己者无存，妆有何用。夜无眠，梦不成，也已经不能再伤到她一丝一毫了。她早已经被时光强暴，也早已失去对镜中人的怜悯。她知道，这一世总是要有了解的那一日。爱情是幻觉。

到这里，她缄了口，再不言语。正所谓词短情长，不外乎此。人生太短暂，寂寞太悠长。痛苦太嚣张，自毁是终局。

读到这一首词，仿佛已经能隐隐预见到关于朱淑真后来的一些什么事。女人的绝望是荒洪，壮烈恢宏决绝彻底。她们要是用麻木去笑着应对，那必是看得令人惊怵的一幕。朱淑真迟早是要做出来这样的事情的。那是一些大痛，亦是平然无碍静默得度的事，我知道。

朱淑真曾作下《恨春》诗五首。情词哀凉，吟者断肠。她将内心的灼热融进墨里，磨开，然后提笔蘸上，再写出来。这是她唯一能够倾吐的途径。是自言自语，也是对后来读到它们的人说。

五首诗是这样写的：

其一

樱桃初荐杏梅酸，槐嫩风高麦秀寒。
惆怅东君太情薄，挽留时暂也应难。

其二

一瞬芳菲尔许时，苦无佳句纪相思。
春光正好须风雨，恩爱方深奈别离。
泪眼谢他花缴抱，愁怀惟赖酒扶持。
莺莺燕燕休相笑，试与单栖各自知。

其三

病酒厌厌日正高，一声啼鸟在花梢。
惊回好梦方萌蕊，唤起新愁却破苞。
暗把后期随处记，闲将清恨倩诗嘲。

从今始信恩成怨，且与莺花作谈交。

其四

迟迟花日上帘钩，尽日无人独倚楼。
蝶使蜂媒传客恨，莺梭柳线织春愁。
碧云信断惟劳梦，红叶成诗想到秋。
几许别离多少泪，不堪重省不堪流。

其五

一篆烟消系臂香，闲看书册就牙床。
莺声冉冉来深院，柳色阴阴暗画墙。
眼底落红千万点，脸边新泪两三行。
梨花细雨黄昏后，不是愁人也断肠。

弄轻柔（眼儿媚）

迟迟春日弄轻柔，花径暗香流。

清明过了，不堪回首，云锁朱楼。

午窗睡起莺声巧，何处唤春愁？

绿杨影里，海棠亭畔，红杏梢头。

——朱淑真《眼儿媚》

春风在沐，心骨都软了去。

这女儿不闻花香只惜红瘦。

又是一年清明，她开始不确定所历经的光阴里是否存留下了幽深的轨迹。那是她探访春心更深处的唯一线索。她需要牵扯住它，捻住这一头，然后一点一点地摸索，沿着来时的路。直到她再一次地走出，望见乍亮的新天新地。那里是她的桃花源，她千方百计地要回到那一处。

那年，那月，那一日的那一处。少年郎幽幽地从后院绕过，翻上朱家的围墙，对着院落里的丫鬟鸣哨。她们知道，他又来找小姐了。叽叽喳喳散了去，奔走相告。这端，她正在房里梳妆，听到丫鬟的通禀，慌乱里怯红了脸。心头一阵一阵的暖热聚集了来。

她被他约到城桥下，两人齐齐地坐在石上。他将她揽进怀里用臂膀将她纤弱的身子锁住。他对她说话，她被他的温存软语融化得身无骨。少年的心意总带着单纯明确的情。至纯至简的思慕里是无以为继的欢愉。这是只属于初恋的事。人心里那最暖的第一次。

她于茫茫人海里遇见他，便再不能舍。她将他刻进了身体里骨血里灵魂里。与己，同生同息。少年爱情里充满着无所畏惧的信誓旦旦。

只是，流年似水，彼时的欢愉已成浮梦。“清明过了，不堪回首，云锁朱楼。”那日日低，她起床披上衣，走到门旁倚着门仰着头看天，竟怔怔得望出了神。莺声悄悄流连梦梢。

她恍然记得那个梦境里似有似无的清影。那模糊的轮廓散发出她熟稔的气味。她仿佛觉得那意味着他将要来看望她了。春要逝，无处唤。是什么拨弄了心尖的萧索？“绿杨影里，海棠亭畔，红杏梢头。”

旧人不再，暖也缥缈。朱淑真明白，嫁的是他，爱的却只有你一个。这正是她忧伤的来处。来自时光深处，记忆里面。但这忧伤并非只有朱淑真有。

范成大作过一首同以《眼儿媚》填得的好词。但这个男人实在是个清妙君子，心肠浪漫得很。纵使后来他仕途舛错、难酬壮志、心有忧愁，他依旧心态诚坦心境从容，晚年选择隐居石湖，放旷心性。单凭这一点，这个男人就值得人去欣赏，去恋慕。至于他的才，则是有目共睹的，毫无争议。范成大字致能，号石湖居士。擅绝句，但词风亦是美得卓尔。

酣酣日脚紫烟浮，妍暖破轻裘。

困人天色，醉人花气，午梦扶头。

春慵恰似春塘水，一片縠纹愁。

溶溶泄泄，东风无力，欲皱还休。

范成大这一阕《眼儿媚》写在乘舆道中。那一日，春光和煦，艳丽充裕，紫气流转。“酣酣日脚紫烟浮，妍暖破轻裘。”日光落照在身上觉得暖，仿佛可以脱去身上轻暖的皮衣。天色暖熏，花气香腻，惹得人仿佛困意来袭。“困人天色，醉人花气，午梦扶头。”

这旅途上，范成大是倦了。盘坐在路边的草上，望着举目的灿烂，那紧张的意念也慢慢被这惬意的暖氤氲得缓了。

“春慵恰似春塘水，一片縠纹愁。”范老用“春塘水”比喻“春慵”实乃创意之辞。泼墨有致，句句妥帖，句句美丽。那清淡的旅愁也慢慢从纸墨里渗出来。就在这一处，才可以略微触摸到范成大内心深处藏起的一点愁。

那是几十年的光阴里沉淀起的波澜起伏，那是他人生漫长来路里留下的情深意长。“溶溶泄泄，东风无力，欲皱还休。”他设譬取喻，把心肠里婉转的情意勾勒得惟妙惟肖。

沈际飞在《草堂诗余别集》里说范成大的词："字字软温，着其气息即醉。"确是如此，欲皱还休。我仿佛望见光阴的那一处，范成大端坐在菩提树下，对身边的温软草木和尘埃说：

你好，忧愁。

意偏长（鹧鸪天）

独倚栏干昼日长，纷纷蜂蝶斗轻狂。
一天飞絮东风恶，满路桃花春水香。

当此际，意偏长，萋萋芳草傍池塘。
千钟尚欲偕春醉，幸有荼蘼与海棠。

——朱淑真《鹧鸪天》

那一头。

她独倚栏干，目光无望。不管它昼日变长，只看那放浪形骸的蜂飞蝶舞斗轻狂。她心底里是一片恢宏的白。白得空洞，白得阑珊。“一天飞絮东风恶，满路桃花春水香。”春光虽烂漫，却见恶东风。吹得花香弥散，吹得飞絮漫天，吹得女儿心意乱。

“当此际，意偏长，萋萋芳草傍池塘。”不会有人知晓在那光彩春景里，那小女子内心里的情深意长。唯有那荼蘼与海棠，陪着她饮酒千杯与这春光共沉醉。她知道，他是要在她的醉生梦死里再与她执手，念白头。

这一头。

正月十一夜。男人出门观灯。街市上人山人海。士庶熙攘，纵情游赏。达官公子“以纱笼喝道，将带佳人美女，遍地游赏”。他不是王孙，不是公子。他没有随从，只有女儿骑在自己的肩头。但那才是让男人觉得暖的事情。

一个男人，无论有多少能耐，做了父亲，总是要变得宽容敦厚些。成为父亲，是男人生命里一种最彻底的成长。他是这样的男人。

再看那拥挤人潮新艳花市，月辉落了一地，染了身体。元宵将至，举头望明月，陈旧的心事一波一波翻涌而来，覆没了那一刻的喧嚣。再看那夜深灯灭春寒人散的萧索。再是一阵虚落。止住吧。转身往回走。

巷陌风光纵赏时，笼纱未出马先嘶。
白头居士无呵殿，只有乘肩小女随。
花满市，月侵衣。少年情事老来悲。
沙河塘上春寒浅，看了游人缓缓归。

回到家里，他填了这一首《鹧鸪天·正月十一日观灯》。这个男人就是姜夔。姜夔，字尧章，别号白石道人，世称姜白石。这个男人的一生不比淑真如意，于是填出来的词里渗出的愁总能与淑真的怨思在我的意识里产生几丝牵系，大抵是因为他们都是苦命人。

姜夔，幼丧考妣。后居汉阳姐姐家，度过了青少年的光阴。姜夔精通音律和文法，但是成年后屡试不第，于是开始奔走四方，过着幕僚清客的生活，壮志难酬。姜夔一生都处在矛盾的心性里不能自拔。他厌倦幕僚生活，却又恐于无处依着，对幕僚的狭隘空虚的度日方式有些微不舍。这亦注定他的作品里充满凄郁气味。

他一生布衣，靠卖字和朋友接济为生。庆元中，也曾上书乞正太常雅乐，不得。关于姜夔的乐曲，素以空灵含蓄著称。有《白石道人歌曲》。关于他的字，《四库全书》有云："夔诗格高秀，为杨万里等所推，词亦精深华妙，尤善自度新腔，故音节文采，并冠绝一时。"可谓是才华遍地，却无处发挥。

人在孤独的时候，时间会在知觉里变得漫长。那漫长里是一个人独自的艰辛跋涉。穿越过沙漠，泅潜过深海，攀越过山崖。那广天广地之间，唯有形单影只的孤军奋战。那就叫孤独。那是一种毒，会销魂，会蚀骨。

当内心面对旁人暖光熹微的孤独境地，人总有恻隐之心。这个男人和朱淑真一样，是让人怜恤的。两个孤独的人，写下孤独的词，沉睡在厚重的历史里再不见光，让后人再忆起他们来不自觉便要心下惘然。

他们，都是与日光对照的寂寞勇者。

时逢孤独，只想缓缓回往温暖归处。

词话三

携手藕花湖上路

风光急（清平乐）

风光紧急，三月俄三十。
拟欲留连计无及，绿野烟愁露泣。

倩谁寄语春宵，城头画鼓轻敲。
缱绻临岐嘱付，来年早到梅梢。

——朱淑真《清平乐》

三月正当三十日，风光别我苦吟身。
共君今夜不须睡，未到晓钟犹是春。

三月三十日。这一天春光将隐，仿佛也将要带走身体里的最后一点暖光。孤独的人总是恋慕春时春物。那恋慕是有依赖心和带着占有欲的。于是注定不得。只是这春，恐怕是最后的唯一能让潦倒的自己燃起生气的季令。这生命的意义被光阴探索到穷极。于是，他贪婪地敞开身体，“共君今夜不须睡，未到晓钟犹是春”。

他对这春做了一回意淫的事。

这是唐代诗人贾岛的《三月晦日赠刘评事》。贾岛是个很妙的男人。早年以无本为号出家，后来还俗又屡举进士不第。一生穷困潦倒。但作诗却谨慎严肃、咬文嚼字。只是这男人实在苦情得很，不然朱淑真也不会化用这首诗填下一阕《清平乐》。

苏轼形容他说“岛瘦”二字真是再恰当不过了。深山云里的诗僧变成落魄苦吟的诗痴，这命运里被作弄的岂止是三三两两的愁苦情肠。还记得贾岛那一首“松下问童子，言师采药去。只在此山中，云深不知处”。他始终是触摸过光的人。

朱淑真不会明白这些，她不需要。她要的只是去好好地做一个幽柔婉转情深意长的女人，有一个男人有一双宽厚的手掌有一对坚实的臂膀来笼住自己孱弱的情肠。她要的就只有这些。做一个单纯至简的小女人，仅此而已。

但殊途同归，一样不得。

纵使她才华高绝又如何。连朱淑真自己也曾作下《自责》诗二首来喟叹过“女子弄文诚可罪，那堪咏月更吟风。磨穿铁砚非吾事，绣折金针却有功”。但她唯有独自吟诗、独自填词、独自谱曲、独自弹琴才能荒废掉那些苍白寥落的光阴。

“闷无消遣只看诗，不见诗中话别离。添得情怀转萧索，始知伶俐不如痴。”她闲来读诗，读至贾岛这一首《三月晦日赠刘评事》，心头又是一阵萧索。

三月三十日，时间不会止于此。春去秋来，欲留无计，“绿野烟愁露泣”。她要寄语这最后一个春宵却是欲语泪先流。除了城楼里的暮鼓，还有谁呢？还有谁可以道破她心底的那一点殷红。“缱绻临歧嘱付，来年早到梅梢。”也就只能如此了吧。

读朱淑真这阕词的时候，总有一种隐忍的痛感藏在字里行间。那是一种十分微妙的感知，是隐藏在蛛丝马迹里的事。会不会有一个春日，他带着她做尽了温暖的事。大约只有在春里，她才能再度从心头升起一点温度，燃起一点暖，再一次走进那一条幽深不见底的隧道。用记忆的旧爱饲养现时里的孤独。于是，那骨血里的痛到底是会渗出一丝来。

那时，她还待字闺中，是朱家小姐。春日凭栏处，淡妆闲游览。悠然读诗歌，逍遥度时光。“独自凭栏无个事，水风凉处读文书。”所有的好日都在她的掌心里打转。她瓢饮日光之美，枕月华入寐。有父母之爱，有初恋之欢。

爱成为一件寻常朴素的事。

当时的她并不能察觉到奢贵。她会在日日将息的那一刻念起他，含笑而寐。她与他幽会，与他风花雪月，与他独享鲜艳风华。以及这一刻，她又念起他们十指相扣的时候那些信誓旦旦的话。“山无棱，天地合，乃敢与君绝”。

可谁知，这一刻再沉沉地望过去，却是往生如幻觉。无有佳期度，往爱逝如斯。再美，也不会重来一次。要如何才能不把这身体里最后的一点能量耗尽，要如何去把这些最私房的心事透露给这春光。唯有在记忆的深处不断地往复、颠簸、倒戈，在意念里来一次回程的重塑。这是淑真最需要做的事。生存，需要能量。现世里没有，就去记忆里寻。

因着那情意对这春光太亲近，仿佛它成了一道维系生活正常代谢的条件。晨光、星月、花朵、翠绿、莺啼、风尘。它细致到成为她记忆里的每一处线索，总有牵系。离了它，便犹若七魂失了六魄，内心怅惘盛烈。

只恨不知你身在何处。

只恨你对我已无眷顾。

只恨这春意已匆匆退了去。

须臾住（清平乐）

恼烟撩露，留我须臾住。
携手藕花湖上路，一霎黄梅细雨。

娇痴不怕人猜，和衣睡倒人怀。
最是分携时候，归来懒傍妆台。

——朱淑真《清平乐·夏日游湖》

上

某年某月某一日，他们的心头起了一个念头。

某年某月某一日，他们有了欢会须臾的时候。

这一日，她早早地起了床。当窗理云鬓，对镜贴花黄。笔花尖淡扫轻描，扫了又描，描了又扫，将自己精巧地装扮了一回。

这一日她的心里仿佛住下了一只黄鹂，叽叽喳喳地叫个不停。她竟任着它的性子和着这夏日朝阳里喷薄的光肆意欣舞。时候已至，她便踏上那一双特意缝制的绣鞋，别上那枚出嫁时戴的玉钗，窃窃笑着出了门去。

她仿佛再一次看见记忆里那一座幽静的小楼。那是少年的他们幽会的场子。他携着她的手在林子里欢畅地跑。那是他们两个人最私密最纯真的情趣，不会有人知道。隔了那么多年，他是否还能忆起她娇羞的脸，是否还想得起她纤纤素手里那道虬曲的纹。她竟隐隐起了焦切的心。且不管这些，先赶了去。

缭绕烟雾里晨露清透，染着她的衣袂，不忍放这幽美卓尔的女子行去。她亦不知道经年之后这一见，她是否还能持着女子的矜持去心神平然面对朝思暮想的那个男人。她怕是自己失却了矫饰的信心。而这，也是并不需要的。她已经顾不得这许多，她心头满满的都是他执她的手软语温存的镜头。

杨柳依依，菡萏殷殷。

她终于见着他。那一刻，所有预想的慌张错乱竟都消失不见。那爱，如若初见。她只是依旧如清新的少女，平然里带着一点初恋的羞涩，怔怔地望着这个已经有了沧桑的男人。但她清清楚楚，他在她的心里永远都是那一个白璧无瑕的浪漫少年。她望着他笃笃地向自己走了来。她羞羞地伸出了红润的手，再一次将自己托付给了他。

后来，她记着突然下起了黄梅细雨。

看有人渐渐散了去，他和她滞留在干洁的某一处避雨。“娇痴不怕人猜，和衣睡倒人怀。”他伸手揽住她的肩。她终于整个倒进他的怀里。那一刻万千景致也只是陪衬的瘦绿。他们的眸子里只有彼此眉目里的欢喜。那是这么多年他们独自的光阴里最盛大的景。他们会铭刻这一日他们十指相扣走出了一段曼妙的路。

有聚有别离。她心里早有预料。只是它当真来的那一刻，到底还是催出了泪。她转过脸不让他望见她撒了一地的哀伤。她不愿意让这一日的美破碎她的伤心里。但是，时间会知道，这一日的欢会，已然成了他们生命里最明艳的刺青，最深刻的阙章，亮烈又忧伤。

旧时的女子，心是水做的镜子，脆弱清明，总要执意将生命最鲜艳的能量寄托于那一场不可预期的爱情。沉溺，并且至死不渝。卫道士说朱淑真“太纵”，这委屈的负荷实在太重。说朱淑真“无仪”“放荡”，亦不过是众口铄金的荒诞。弱小女子求爱不得，要她如何将这一生活出颜色？

《莲子居词话》里清人吴衡照的话读上去准确也不失情意。他说：“易安、淑真均善于言情。易安‘眼波才动被人猜’，矜持得妙。淑真‘娇痴不怕人猜’，放诞得妙。”我执意将这放诞理解成一个旧时女子心里激荡起的那一点抵抗世俗的勇气。那是妙到极致的事。想来心头也是有快的。

欢会一日，最是欣喜。所嫁非偶，却是满纸浓愁。爱与不爱的对比，竟是如此的触目惊心。想起来朱淑真这一首叫作《惜春》的诗。

连理枝头花正开，妒花风雨便相催。
愿教青帝长为主，莫遣纷纷落翠苔。

连理枝头鲜花盛开，无奈那风雨嫉妒，时时想要摧折这脆弱的花束。

她只叹，多想让掌春的神长久地做主，不让这娇嫩可爱的新花坠落到翠苔的冰冷中。就像这一日幽会的时光短暂到沉在手心里不能掂量。握紧一点，再紧点，怕是会从指缝里散了去。“自在飞花轻似梦，无边丝雨细如愁。”

那一日的欢聚如幻如梦。

当她再一次坐到这清寂屋宇的小窗下，日日回想着那一日的芳华刹那，那心底溢出来的彷徨溢出来的伤是那么的绵密那么的幽长。似乎所有的幽媾都带着幻觉的意味，最终归于静寂。如同这一刻，纳了妾室的这一个男人，酩酊大醉地闯进了她的闺房撕扯着她意念里的最后一点光亮。记忆太美好，现世太荒凉。

别离多，欢会少。

佛说，情不为因果，缘注定生死。

下

朱淑真这一生经历的男人只有两个。

初恋的那一个和嫁的这一个。这两段感情主宰了朱淑真一辈子的悲喜。就着深刻的旧爱，朱淑真嫁给另一个人，这样的境遇在旧时女子的身上是时有发生的，而因此带来的内心的磨难劫复是男人们不能确知的。朱淑真具备一定的典型性。

关于朱淑真的初恋情人，史料少之又少。但是从朱淑真的《断肠诗集》当中是可以明确感知到她所经历的那一段感情对她的意志乃至生命所产生的深广的影响。

朱淑真是出身官府的大家闺秀，但这不妨碍她具备开放进步的道德观念。她对爱情的选择倾向是与家财地位、门当户对毫无关联的。她预计的爱情是自由的、潇洒的、无束缚的。她有小诗名曰《湖上小集》。

门前春水碧于天，座上诗人逸似仙。
白璧一双无玷缺，吹箫归去又无缘。

这写的大约就是她的初恋情人。一句“座上诗人逸似仙”将他的风仪描摹得尽致淋漓。他是潇洒飘逸对她充满吸引力的。她似乎对他亦是有膜拜的。她将他当成了自己心里的神，爱之图腾。只是无奈“吹箫归去又无缘”。她纵然有爱，纵然有自己的价值体系，但是她是孝女。她始终不忍心去违背父母的意愿，对他们造成伤害。

不是她的爱不够坚决，是她的心性太柔软，容不得亲人的一丝不悦。于是她遵照父母之命，嫁与旁人。她在决定之前势必经历一段独自摸索挣扎的黑暗时期，如同走进荒芜阴森的深黑隧道，只能独自一人走出光明来。

又或者，他是前途光明，拥有无限可能的男子。她对他的爱中亦有不忍，不忍他因爱折损自己的获得。根据朱淑真的相关的断肠诗，大抵可以推测这名男子的年纪是小于朱淑真的。朱淑真有诗《送人赴试礼部》。

春闱报罢已三年，又向西风促去鞭。

屡鼓莫嫌非作气，一飞当自卜冲天。
贾生少达终何遇，马援才高老更坚。
大抵功名无早晚，平津今见起菑川。

朱淑真作此诗的目的即是激励少年树雄心、立壮志，勤苦努力，建功立业。此诗后四句连续用了“贾生”“马援”“平津”和“菑川”的典故来表达她对他的期许。

贾生，即汉著名政治家、文学家贾谊，少年得志。马援是东汉的名将，老当益壮的常青树。平津和菑川一句则是说被封为平津侯的齐国菑川人公孙弘。他四十学《春秋》，六十做丞相，活到老学到老。

其中不是没有爱之冀望。只是她宁愿使之变成单纯祝愿，也好过她牵绊住他的前程。至于二人的相识，朱淑真的那一首《贺人移学东轩》大致可以给出答案。

一轩潇洒正东偏，屏弃嚣尘聚简编。
美璞莫辞雕作器，涓流终见积成渊。
谢班难继予惭甚，颜孟堪晞子勉旃。
鸿鹄羽仪当养就，飞腾早晚看冲天。

少年住在朱家“东轩”，是读书应试的门生。他钦慕颜孟。颜孟是指孔子门人颜回、孟轲，都是大学问家。少年的身世不详，许是朱家的亲朋，许是朱家的世交，都是有可能的事情。他们一定有所感情关联是可以确定的。这样的旦夕相处，在二人之间酝酿出情愫是情理之中的。

时间就是一件充满魔意的东西。此一时，聚；彼一时，散。毫无缘由征兆便要发生。于是，她送他赶考，又嫁给旁人。

鸳鸯无缘佳偶配，姻缘难得结连理。风吹折断并蒂莲，雷电击散比翼鸟。梦里寻他千百回，有情人却难成眷属。

黯然销魂者，唯别而已。

鸳帏独（点绛唇）

黄鸟嘤嘤，晓来却听丁丁木。
芳心已逐，泪眼倾珠斛。

见自无心，更调离情曲。
鸳帏独，望休穷目，回首溪山绿。

——朱淑真《点绛唇》

清晨，嘤嘤黄鸟将她从睡梦里惊醒。恍惚之间，她似乎依然记得梦里那一个清晰的背影。青袍长衫，风神俊朗。转身的那一刹，仿佛要将她的魂也带了走。窗外，有丁丁的伐木声。她被惊了神。透过窗口望出长长的距离。

她心里知道，那一别，她的心也跟着他离了身子，远逐而去。自古多情伤离别，“泪眼倾珠斛”。

这一日的夏，虽景致葱茂，但她却已无心观望。转过身子再折回闺寝，和着内心幽柔的念头来弹琴一曲，将那玉漏的一时一辰，捻在手里，掂量着过。她想起来这一夜又将要一个人独寝鸳鸯帐里，那心头的愁苦染了那琴，淌出来的尽是凄凄瑟瑟的凉音。“望休穷目，回首溪山绿。”再望你，再望你也只能望见远处溪山碧绿的空洞盛丽。

于她，已是了无意义。

昨日还在温柔梦乡里，这一刻又是一回萧索冷冰冰的孤独。“娇痴不怕人猜，和衣睡倒人怀”的欢喜已成寂寥，已成岑寂，已成无声息。君已离去，可知妾心苦。她不见这一刻，自己已是憔悴不堪。蝉鬓不整，凤钗慵堕。心神俱毁，只恐与君交会无期。

这种思念与热望是能体悟的。如果你爱了他，你会知道那一种埋进心底的牵念。它可以是时时刻刻的，亦可以是不经意间的，但是一定是浓烈的。

旧时境地古旧闭塞，山水阻隔，沟通不易。纵使有鸿雁传情，也是难托锦书。那一来一回早已将你折腾得生不如死。等不及，心底的丝便早已是蓬杂绵密，百转千折。恐怕苦苦等来那人一纸的怜恤深情，不及释却心头忧愁，只会相思更苦。

只愿君心似我心，定不负相思意。采撷一把红豆放在掌心里，连同与你有关的记忆一起，收藏进自己身体里那一处绵软芬芳的角落里。以此使之变得仿佛具备了恒久的意味。心里也要对那丈量不起的距离宽谅些。确实如此，恋人之间的那一份相思，嚣张又微妙，愁苦又美好。而那个中深婉曲意，也唯有心知晓。

但，女子心意有时相同。彼此之间，通过书写笑谈情深不寿。不需要打一个照面，即便隔着光阴，也是能彼此听见。所以，此处，要宕开一笔，附上另一首绝妙好词来对着吟。

波上清风，画船明月人归后。
渐消残酒，独自凭栏久。
聚散匆匆，此恨年年有。
重回首，淡烟疏柳，隐隐芜城漏。

这一阕《点绛唇》出自魏夫人之手。史载：魏夫人，北宋女词人，曾布妻，襄阳（今湖北襄阳）人。名字及生卒年均不详，生平亦无可考。曾布参与王安石变法，后任知枢密院事，为右仆射，魏氏以此封鲁国夫人。

朱淑真要是读到魏夫人这首词，怕是会惹出泪来的。与他缱绻难分的那一次，她又如何忘得了？就像魏夫人送曾布远赴上任的这一日。

清风拂面，月辉清朗。温柔的光线在夜里柔柔地倾泻开来，染了她和他的衣袂。她颤颤地伸出手牵住了他，站在桥头望着迷茫远处，等着下一只将要带走他的小舟。

夜气寒得很，渗入了她的身体，她瑟瑟抖动了一下。她用力地控制住自己的身体，生怕那一动惊了这静默的场子。她是想让时间变得久一点。在她内心，她觉着他让这瞬间变得像永远。

只是，来往有定数。到了那个时辰，要走的还得走，要散的也还是会散了去。于是，他终于钻进了那一只陈旧的乌篷船，朝着她点头，然后拉下了那一块粗布船帘。时间在那一刻，空出了一截不可思议的生疏的苍白。她独自站在岸上倚着栏干，听见心底的痛窸窸窣窣地绽开了。

聚散太匆匆，此恨年年有。只怨这时光流转得太快。一轮一轮再一轮。年年都要惹得那痛汹涌地将自己覆没。这一回，又是归期难凭。她凝了凝神，却猛然听得远处的芜城（扬州别称）传来隐隐的更鼓声。不料夜已深得很，回首再遥望，向时的津渡已是一片沉寂，只剩那残月映射下的两行疏柳、几缕淡烟，依稀可辨。

这感情的事非是三言两句讲得清楚的。爱人分离的苦痛又岂是三言两语可以表述尽的。清风、明月、淡烟、疏柳、隐隐鼓漏。

魏夫人作词的功力绝非等闲。书里大多的论断都说她的词仅次于李清照和朱淑真。可以看得出，这个名字不详只留“魏氏”二字存世的女子必定是一名饱满的深情的才华横溢的，如今更是添了几分神秘的奇女子。

梅妆薄（点绛唇）

风劲云浓，暮寒无奈侵罗幕。
髻鬟斜掠，呵手梅妆薄。

少饮清欢，银烛花频落。
恁萧索，春工已觉，点破梅香萼。

——朱淑真《点绛唇·冬》

上

那呖呖莺声已经成了彼时浓春深处的柔婉，早已不见。这一端却是雨雪瀌瀌，见晛曰消。冬日里的女儿身总要暖炉来取暖的。深闺里的女儿们为了这个取暖的工夫也总是会花去大的代价。只是可怜了佳人孤孑茕茕，纵那暖炉再暖，怕是也暖不了这女儿家彻寒的心坎。

风劲云浓，暮寒无奈侵罗幕。一阵瑟瑟的冷。她恍然觉得在这一个人长久独处的时间里，灵魂的新陈代谢与身体一起慢了下来。那身体里的血液仿佛要被冻得凝固起来。她微微抬起双手轻启朱唇慢慢呵气，却不知自己髻鬟斜掠梅妆薄，朱颜苍白。她知道自己快要没了生气。

少饮清欢，银烛花频落。银装素裹听不见半点生迹。这心头情意这窗外时地竟至如此萧索的地步，还是回进屋子为自己斟一杯清酒暖暖身子吧。待那温暖酒意融了心头怨愁，怕是那枝上一点梅也已经散出香来，春工复动再绣红翠的日子也就不远了。

这些就是朱淑真这一首《点绛唇》里要说的话。她写冬日伤景的诗词留世的不多，但独独这少有的几首已然足够担当得起这女子坠在蚀骨之寒的时令里内心里那一波又一波的孤毒流转。比如这一首《冬夜不寐》：

推枕鸳帏不奈寒，起来霜月转阑干。
闷怀脉脉与谁说，泪滴罗衣不忍看。

冬夜寒气是有狠劲的，一丝一丝袭过她的身体，刺得她反侧辗转不能入眠。于是她披上棉衣，起身走向栏干处，那里是一片星明月朗。这女子突然觉得内心拥堵，那是她长时间的沉默所积压下来的缱绻忧扰。这一头兀自想着，那一头便已经泪湿罗衣。她不忍看泪，泪不忍照她。唯有窗下明月光，漫上来。

触目圆池景，荷枯菊已荒。
风寒侵夜枕，霜冻怯晨妆。
江上枫翻赤，庭前橘带黄。
题诗欲排闷，对景倍悲伤。

这一首诗题为《初冬书怀》。

她面对冬日空凉园景，内心被触动。触目是枯荷荒菊，萧条简陋如若被光阴侵夺，看过去倍觉荒芜。昨夜风寒侵枕，今朝晨霜披靡。她在这料峭的寒日当中，对生活变得迟疑，懒做晨妆。

江边枫叶红似火，风吹过，便赤浪翻滚。庭前亦是金黄橘果满树繁荣。原来是看过去丰盛的美，如今却是萧萧冷冷、凄凄惨惨。本欲赋诗书怀解忧，岂奈眼目所及是空洞，清悲更添浓愁。

朱淑真这几首诗，写得曲意阑珊，凉进了骨子里。“彤云黯黯暮天寒，半卷朱帘未欲眠。”寂寞仿佛是一种病疾，催着她夜里起身，催着她去怵怵地望着心里头那一点软弱落寞。嫁的这个男人这一刻大约还在百花丛里春光烂漫，他是不会知道淑真这一处的冷的。

他那里盛烈的欲念与酒池肉林的艳艳歌声不过是一些再轻贱不过的毒。而她在这深寒的夜里辗转难眠，起身走到幽窗前，闷怀脉脉却无人能诉。举头望明月，朱淑真所能念想的也就只有千里之外在记忆里日益趋近于一道微光的那一个男人。

她在日后的光阴与男人幽会，却被人妄自加上娼荡恶名。他们不知道这个如烟的女子在深闺独寝的寒夜里湿了枕巾的那姗姗粉泪。

在背叛、冷漠、孤独交织回转的悲绝之境里熬度的艰辛如同一把利刃锋刀，时时刻刻都在凌迟着她的骨血身灵。她就是一朵被风霜践踏的鸢尾。在无人问津的时日里把自己遗落成一株幽怜清素的植物。

总不忍提到朱淑真心里头的那个人，那个让她“娇痴不怕人猜，和衣睡倒人怀”的男人，却又总不能说离了他。她想要留给别人的也就是她心头那尚存希望的一点光了。她那一杯清酒的柔暖能抵得了多久的寒？连她自己也不知道。她只是希望那暖久一点，再久到她和他的下一次见面。

至于她家里的这个男人，不提也罢。

朱淑真在自己荒诞的婚姻里唯一可以去完成的只有内心那一片依着记忆遗存下的暖，苟延残喘的冀望。那是她支撑这一株脆弱生命得以生衍的最后的力量。她必须将它握在手里，寻找时机与希望私奔，与耻辱背离。

那么，在它得以现世之前，她这大片大片独处的时间里，她唯有依着诗书依着身体里娟致的才情依着自己本身那一点羞涩的光来面对那浩浩荡荡的孤单。“独坐小窗无伴侣，可怜霜月向人圆。”吟《长宵》，苦情老。

霜月照人悄，迢迢夜未阑。
鸳帏梦展转，珠泪向谁弹？

朱淑真有一首写于冬日的叫作《围炉》的小诗。写的是除夕前后围炉把酒作诗赏景的情状。亲友围坐红炉对唱小词。趣味盎然，不隆重，但十分温情。这可能是一年当中，她少有的能内心些微欢愉的几日，但这欢愉里依然有散不去的冷清、凄凉、惋伤。

圜坐红炉唱小词，旋篘新酒赏新诗。

大家莫惜今宵醉，一别参差又几时。

她叹，这面前相聚的故人，不知今夕一别，又要参差几时方能再见。除夕是大节日，在中国的传统文化当中是举足轻重的。所以，朱淑真也难免对之有倾付重于常时的感情，也便有了更多的期待。即便那些期待看过去单薄并且脆弱。就除夕题，朱淑真还作下过《除日》《除夜》等小诗。

爆竹声中腊已残，酴酥酒暖烛花寒。
朦胧晓色笼春色，便觉风光不一般。

这首小诗题为《除日》。

爆竹一声除旧，桃符万户更新。她所见的场面是热闹的，喧嚣的，也是繁暖的。日头里全是喜庆。朦胧晓色是预兆，她也知道这春光盛景定有卓尔的姿色。但是，这些在朱淑真的眼里是不单纯的，意义复杂的。它意味着短暂，意味着更久长的冷厉。任那酴酥酒暖，闺中也是腊残烛花寒。

这是她的除夜。

穷冬欲去尚徘徊，独坐频斟守岁杯。
一夜腊寒随漏尽，十分春色破朝来。
桃符自写新翻句，玉律谁吹定等灰。
且是作诗人未老，换年添岁莫相催。

朱淑真作的《除夜》诗有两首。

这是第一首。这一首大约是在她嫁作人妇独守空闺时所作，表达出的感情是哀怨的。万家团聚，她却独自守岁。自斟自饮，借酒消愁。冬将逝，春将至。

人们写春联，争将旧词能写出新意来。指望用一个标准来框定旁人，就好比用玉制的乐器校正所有的音乐，定是无用、无意义的。如今她尚未人老，尚能作诗填词。年过完，长新岁。催逼无意义，只待时间顺其自然地来发生作用。

她对时间流逝的惊恐无奈，对独自的光阴里无以为继的不安，以及对内心深处难以阻断的悲哀，读来一览无余。如果说她还没有绝望，那也只是因为那一刻，她尚年轻，依然风华灼灼。她尚有一些执着意念。

休叹流光去，看看春欲回。
椒盘卷红烛，柏酒溢金杯。
残腊余更尽，新年晓角催。
争先何物早？唯有后园梅。

这是另一首《除夜》。

整首诗的意境较上一首显得清舒。除夜本应欢喜，只因家事错杂，连这除夜里理应欢悦的心意无法顺应地有。她凡事都在尽力，包括她对他的包容、忍耐，甚至漠视。所以她也知道在适当的时间里规劝自己不去感叹流光转瞬。生活在继续，稍做等待，便又是回暖春归。她强迫自己去记得这些道理。

她似乎依然指望她这段婚姻能有契机让她得到一个完满轮回，但事实是始终不得。丈夫依然是那一个酒肉俗吏，不择手段地追逐名利，生活得没有丝毫态度，感情亦是放纵糜烂。全无章法的生活轨迹令朱淑真内心充满挫败感。她在得到婚姻那一日彻彻底底地陪葬了爱情。

没有丝毫余地和退路。

词话四

黄昏却下潇潇雨

潇潇雨（蝶恋花）

楼外垂杨千万缕。欲系青春，少住春还去。
独自风前飘柳絮，随春且看归何处。

绿满山川闻杜宇。便做无情，莫也愁人苦。
把酒送春春不语，黄昏却下潇潇雨。

——朱淑真《蝶恋花·送春》

那一日，她突然望见画楼外杨柳缠绵红绿悱恻，心里就怅怅地生了幽柔，生怕这生色不经意间就要褪了去。她大约是在那些葱茏里再一次望见了记忆里那个“闲步西园里，春风明媚天”的少女淑真在朱家后院里望那“莺花争妩媚，诗酒斗清奇”的欢愉兴畅。

但是，他还是要走的。她心里到底是明白这个道理。如同她明白他给予她少年时的温热再一次暖了她清清冷冷的一刻。

那么，还能如何，也就是能巴巴地望着他过，等着他走。随春且看归何处。她说，且看你到底能飘去哪里，且看我独自西风凉的命境里还会有多少的曲折。连这绿川翠山这宽阔平野正风姿绰约也偶有子规凄声飘忽倏然，更何况是女儿心里的那一点情爱上的温暖念头，又怎会轻易就能得到顺坦完满的归宿。

爱，总是要经历崎岖，才能望见深海繁花。

于是，在这端立的孤独困境之中，她知道自己应当持有的态度是“把酒”笑对。纵使“把酒送春春不语，黄昏却下潇潇雨”也再不能伤得她更多了。

画楼、垂杨、清风、柳絮、山川、杜宇、杯酒、黄昏、细雨。那皎皎春光与女子之间总是有一丝莫可名状的羁绊。她是清苦愁闷的，却又时时刻刻都充满着希望。忧伤里又俊逸疏朗。

明人田汝成《西湖游览志余》卷十六《香奁艳语》：“朱淑真诗词多柔媚，独《清昼》一绝、《送春》一词，颇疏俊可喜。”那一首七绝《清昼》的内容是这样的：“竹摇清影罩幽窗，两两时禽噪夕阳。谢却海棠飞尽絮，困人天气日初长。”这首诗在《宋诗纪事》《宋诗钞补》里又叫《初夏》。

她所描写的事物始终都是那么细致。这一处的青竹清影漫上窗来，进入她的眼。夕阳里，她观那海棠飞花迷人眼，以此度过漫长昼夜。在时间的迎来送往里，她填下这首小诗，不经意间成全了自己的一次疏朗俊逸的风色。

春过夏至，旧词唱完填新诗。似乎这一首诗确实是和着朱淑真这一阕《蝶恋花·送春》而作，十分难得。朱淑真对春有情结，这在她的诗词里是显而易见的。处处有春意，时时有春情。或赞喜，或怜惜。有诗《春阴古律二首》，表达出来的感情与此处《蝶恋花》词所透露出来的是一致的。

薄云笼日弄轻阴，试与诗工略话春。
蠢蠢绿杨初学线，茸茸碧草渐成茵。
园林深寂撩私恨，山水昏明恼暗颦。
芳意被他寒约住，天应知有惜花人。

其一。云团蔽日，天色微阴。依依杨柳吹剪成丝，绿意是生机的昭示。微草亦是渐长，碧色成茵。再看园林处，是深寂茂密的景，山水忽暗忽又明，应和着这一头内心的伤恨。她本试图作一些诗来讲这春光漫漫，可怜芳花未绽惧清寒。她徒然做了一回惜花人。

陡觉湘裙剩带围，情怀常是被春欺。
半檐落日飞花后，一阵轻寒微雨时。
幽谷想应莺出晚，旧巢却怪燕归迟。
间关几许伤怀处，悒悒柔情不自持。

其二。这第二首当中，朱淑真要表达的亦是类似的情绪。那一日，她猛然发现自已消瘦嶙峋。而这多半是因伤春所扰，身气被损，自然就会憔悴起来。落日时分，寒风细雨来袭，不知花落多少。

这一时，远处的山谷当中依然有黄莺鸣声，于幽寂的深谷里跌宕回旋盘转。而舍檐下的雨燕却依旧未归，尚不知去向。只此而已，悒悒柔情亦是不能自持。这是她的弱处，亦是她的惹人怜处。

触春景即伤情，她的才华芬芳遍地，却只有遗世独立的命，连同她的春之情结一起变得哀婉。那一点凄婉堪怜的寂寞里耗费的不是她的才华，是她心底关于爱的那一点单薄的暖。

流年虚度的是一种挽不回的失。

疏萤度（菩萨蛮）

山亭水榭秋方半，凤帏寂寞无人伴。
愁闷一番新，双蛾只旧颦。

起来临绣户，时有疏萤度。
多谢月相怜，今宵不忍圆。

——朱淑真《菩萨蛮》

上

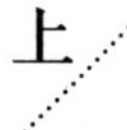

这女子的孤独素来嚣张。府邸的后园里有假山、亭台、水榭，相映成趣。但他不在已经许多年，这一天也没有任何的特别。已经入了秋，但她并没有意识到这些。直到她听见山亭水榭里的瑟瑟风声，她才晓得这秋已来多日。

一道秋风扫过她的窗，拂过她的面，她瑟瑟往后缩了一缩，竟不小心撞上了身侧旧旧的凤帏。这真是风物睹人两相望，一样孤独。

自嫁作他人妇，她其实早已隐隐习惯了这些寥寥落落、寂寂寞寞，并无任何惊错。只是锁一锁眉头，也就淡了浓愁。夜半风过小轩窗，她听见窗纸窸窸窣窣的声响。起身走到朱门前，只见流萤几许缭绕过风花，彼此亦是倏忽而过，来往无期。幸的是顶上那一轮新月相怜，不忍圆。

“重帏深下莫愁堂，卧后清宵细细长。”烟霭缭绕，风灯迷乱，只剩乌鸟空悲鸣。她对着这风月就淡淡一笑，时间也就流了走过了去。他已离去，后会无期。

这一阕《菩萨蛮》在朱淑真的《断肠词》里只是一枚并不惊艳的珍珠。但是它有光，并且一直在闪烁。于是我于词海里望见了它，并将它拾起，缓缓擦了干净。

读一句“山亭水榭秋方半，凤帏寂寞无人伴”，又一句“多谢月相怜，今宵不忍圆”，最后再将它缓缓放回去。它是属于红尘里又是风光外的珍宝。我甘愿只做一回异乡客，打马而过，已然觉着内心满足，安定丰盛。

女儿总为情字愁。朱淑真不能例外，在书里读过那么多的好时辰，才子佳人的意念早已在她的心头氲了开，渗进了骨子里。她曾对自己的未来抱着太多的希望，但内心的热望驱使凡心所向，奔波劳苦，有盲目的趋向。

于是，她在豆蔻年华遇见了这个他，却在良辰嫁给了另一个他。这是她决计无法预料到的事情。她成了旷野里一朵凄凛的鸢尾花，餐风饮露。沦落到最后，是无人问津的孤独。

朱淑真居于钱塘（今浙江杭州）。西子湖畔总是发生涟涟情爱的销魂地。就像那一年白素贞在西子湖里遇见许汉文，她也遇见了他。然后彼此执手相望吟尽风华。他们恨不能融进彼此的身体里，占尽彼此的身体灵魂连同那风姿绰约的锦色年华。

朱淑真的爱情劳苦虽然在词作里铺张喧嚣，却也不失为一种锻造。有一些人，只有在绝境里才能获得突兀的蜕变。变得高深，变得隐忍，变得果决。朱淑真就是这样的，断然就是这样的。否则，多年后，她也不会做出那样决绝不留余地的事情来。她也不会笑忘红尘纵入水里。她不是寻死，她是要重生。

她是对自己的命来一回全权的把握、全权的掌控，不受人世间来往风尘的迎拒。她也是真的做到了。从男子那一处来看他的心意。他对她，亦是有着相似的沉重又令人窒息的挂念。爱情带来的荒凉追随至死。她离开的时候，他内心的不忍和伤痛也是深蚀的、怆然的。

她的出嫁日，他和她或者也是有“陌上花开缓缓归”的约定。“吴越王妃，每岁春必归临安。王以书遗妃曰：‘陌上花开，可缓缓归矣。’吴人用其语为歌，含思宛转，听之凄然。”形同虚无的假如，除了徒增凄凉，唯一的用处就是让告别变得体面一点。

此刻，陌上花已开，她却再也回不去。他亦再不能到来。他们走上的是彼此分断的相背离的路途。他们的情意太长，他们的缘分太短。

下

朱淑真有大量描述孤独的诗句、词句。

比如，这一首《菩萨蛮》里的“凤帷寂寞无人伴”“多谢月相怜，今宵不忍圆”。孤独的因素里，爱情的阙如是一方面，环境的阻断亦是一个重要的点。因山水阻断，她难能与旧日亲友联络，这极大地加深了她内心的孤独感。于是，她的落寞更甚，看上去便十分严重了。

朱淑真在诗《春日书怀》里，写到一句“从宦东西不自由”，透过这一句更可断定朱淑真曾随宦东西，常年颠簸在外。流离是障碍，于是她独自得纯粹又透彻，甚至是绝望的。

从宦东西不自由，亲帏千里泪长流。
已无鸿雁传家信，更被杜鹃追客愁。
日暖鸟歌空美景，花光柳影谩盈眸。
高楼惆怅凭栏久，心逐白云南向浮。

随夫宦游在外，她是身不由己的。每每忆及千里之外的双亲，总会惹得泪长流。她内心的思乡情绪是浓稠的。已经很久没有收到家书，于是乡愁更甚。且听那杜鹃声声追客愁，心中情意更是难能自抑。

日照暖煦，伶鸟吟歌，花光盈眸，柳影漫漫。面前的好景也因此变得了无意义。常常都是独自登高，凭栏惆怅。仿佛心意会随白云南浮，向家荡去。

朱淑真随夫在外长久，二人却是相对无言、了无情趣，彼此之间始终都是陌生的阻隔，丝毫也没有靠得近些。感情里的绝望不是久别，不是遗忘，是咫尺若天涯。她将这些思想写进了她的《舟行即事七首》。

其一

帆高风顺疾如飞，天阔波平远又低。
山色水光随地改，共谁裁剪入新诗。

漫长水路通向的远处是陌生疏冷的。她能预感到那些即将到来的内心的萧条和无助。船帆高高挂起，顺风行驶，急速穿过河流，驶往远方。她能看到天空广阔，能看到水天相接的远渺。两岸山色水光匆匆退去，被遗落在后处，景色仿佛更迭出律动。她见这景大气又敞亮，欲赋诗述怀，眼下却无人可与她共裁共剪、吟诗唱和。他给不了她一丝志趣相合的指望。

其五

对景如何可遣怀，与谁江上共诗裁。
江长景好题难尽，每自临风愧乏才。

随夫宦游路途里，她常独自观景。对风对月对朝夕光阴。不能与他共诗裁，内心暗涌无处遣排。流离江水之上，奔赴为止路途。她随着他颠簸，别无他求，但求他能流露些微的温情。但有一些人与她注定是背道而生，只能越走越远。

这男人注定不能与她有更多的契合。如是，面对此刻江水美景，她唯能慨叹自己才思不胜，不足以担当起这天地之间单纯原始的静默。她的日子是索然的。

其六

岁暮天涯客异乡，扁舟今又渡潇湘。
颦眉独坐水窗下，泪滴罗衣暗断肠。

时间是不顾情意的。它流淌的速度超过人的想象，一眼已隔世。在外漂泊长久，时至岁末，她依然客居天涯。这一日她又将乘船离去，渡潇水，渡湘江。她眉头紧锁，端坐在临水的小窗下，观那深水浅浪明争暗渡，击打船体发出哗哗水声，令她内心的感伤兀自汹涌并且猝不及防。暗自落泪，染湿衣襟，伤断心肠。

他自顾自做他的官腔，她自顾自想她的心事。他们之间凉薄至只有必要的逢场作戏。她开始失眠。她的内心焦灼焚烧，独自熬夜，辗转难眠。有诗《无寐二首》。

其一

吹彻云箫夜未赊，梨花带月映窗纱。
休将姓氏思量遍，潋滟新愁乱似麻。

其二

背弹珠泪暗伤神，挑尽寒灯睡不成。
卸却凤钗寻睡去，上床开眼到天明。

夜静默，人萧索。梨花带月，新愁潋滟。宽衣卸妆，任其用力，亦是孤枕难眠。夜色越阑珊，睡意越清淡，直至开眼到天亮。睡起之后，依然不能好过。慵懒而起，作诗《睡起二首》以抒内心倦怠。

其一

起来不喜匀红粉，强把菱花照病容。
腰瘦故知闲事恼，泪多只为别情浓。

其二

懒对妆台拂黛眉，任他双鬓向烟垂。
侍儿全不知人意，犹把梅花插一枝。

感情戏做得太多，她终要精疲力竭。伤愁强烈，泪水暗流。她的怨有时候看上去是磅礴的，反复的，喋喋不休的，但确实是质朴单纯的。犹如永无止境的幻觉，犹如颠三倒四的呓语。但这名女子始终都是心意单纯还不做作的。她并没有夸大自己的内心感受。

所有人都没有资格去评断别人。因为纵然你反复研究考证，你依旧不是她。所以朱淑真的情绪零碎无碍、怨怒无碍、反反复复亦无碍。后人所能做的，只有感受。

梧桐落（菩萨蛮）

秋声乍起梧桐落，蛩吟唧唧添萧索。
欹枕背灯眠，月和残梦圆。

起来钩翠箔，何处寒砧作？
独倚小栏干，逼人风露寒。

——朱淑真《菩萨蛮·秋》

夏末之后，她内心的辛苦焦灼开始变得缓一些。这是一件很好的事情。她因此可以得到更多的休憩，精神可以得到放松，身体开始被调养。秋天唯一的好处大约就是气候的温润，她可以在万物凋零时得到一些植物遗剩的养分来支撑自己。她以秋入字，作诗几多。

西风淅淅收残暑，庭竹萧疏报早秋。

砌下黄昏微雨后，幽蛩唧唧使人愁。

在这首《早秋有感》诗里，她的心愁是她自己预料之中的事。她也不必特别去在意。这已比旁的时候要舒坦得多。西风吹散暑热，庭中修竹变萧疏，开始有枯萎休眠的模样。

这就是她看到的早秋了。有一点冷悒，有一点萧条，但是看过去却很清静很幽寂。黄昏时莫名降下一阵细雨，她听到台阶下隐藏于草皮里的蟋蟀窸窸窣窣的声响，这声音混乱也尖锐，惹人不安。

一夜凉风动扇愁，背时容易入新秋。

桃花脸上汪汪泪，忍到更深枕上流。

一痕雨过湿秋光，纨扇初抛自有凉。

雾影乍随山影薄，蛩声偏接漏声长。

第一首叫作《新秋》，第二首题为《早秋》。这两首小诗都是些初入秋时她内心因节气变更所产生的忧伤。同心同意。她说，一夜冷风，天气转凉，由夏入秋，纨扇初抛。清秋不愁亦是有忧伤的，这是古代文人的惯性思维。于是，此一刻，她依然内心有慨叹。

傍晚，夜雾迷蒙，山野隐约，蟋蟀窸窣，滴漏声声。入耳即化，她恍惚之间因那闲置的扇忆起那深宫里的班婕妤。扇愁幽幽，桃花脸上泪盈盈，待到更深枕上流。

虽然不比春愁汹涌，但这秋意里的忧伤依然持久。犹如缓缓溪水，不紧不慢地从她的情绪当中流过，假意温柔，从不断流。时令如草木，一花一叶，一春一秋，冬夏亦不例外。她都有诸多情感倾付的理由。这女子的哀怨渗透骨血。

风倍凄凉月倍明，人间占得十分清。
可怜宋玉多才子，只为多情苦怆情。

哭损双眸断尽肠，怕黄昏后到昏黄。
更堪细雨新秋夜，一点残灯伴夜长。

她作《对秋有感》和《秋夜有感》，说宋玉才力卓尔却终生抑郁不得志，这好比她的感情归宿。一句“可怜宋玉多才子，只为多情苦怆情”吟出血泪来。“风倍凄凉月倍明”，但她却只是落得“哭损双眸断尽肠”的凄婉境况。夜漫长，只身女子与一点残灯静默相守，待时间过去。唯有如此。

朱淑真的爱人在千里之外。而不爱的人，咫尺也是天涯。同床异梦。人与人之间的关联就是如此微妙。你在恋着她，她无动于衷。她恋着的却又心有所属。你始终知道面前的人不是你需要的那一个。可是，你却始终不能知道在哪里会有你需要的那一个。怀念涌过来，覆没她，然后弄伤她。

这突如其来的人世，我们都是闯入者。

天凉，好个秋。

潇潇风雨暗残秋，忍见黄花满径幽。
恰似楚人情太苦，年年对景倍添愁。

诗题《暮秋》。待秋将过去，这女子回溯晚望，这光阴的迹象当中尽是自己的悠悠哀愁。剪不断，风过又乱。她自知，亦了无对策。她不是不想离开身边这个男人，但是她知道自己缺了一点李清照式的坚决、执念、义无反顾。所以她注定这一生要在那不决断的感伤当中，“潦倒”过活。

凉吹晚飕飕，芦花两岸秋。
夕阳楼上望，独倚泪偷流。

这首《秋楼晚望》最得朱淑真这一处《菩萨蛮·秋》词的意蕴。秋风乍起，桐叶满地。蛩吟唧唧，芦花簌簌。背身过去，依枕而眠。月有圆满，残梦难继。起身钩帘，却闻远处，捣衣声声。次日光暗，登高无念。落日溶溶，黄昏氤氲。独倚栏干，她心孤独。

贾宝玉说：“女儿是水作的骨肉。”这话讲得十分精妙。女儿家的心事亦是柔软曼妙的。因那心事里满满的都是爱。都是关于她们生之所系的那个男人，那一条她们生命力最依赖的宽阔大河。她们犹如浮在水面的菡萏，因水而美。注定要与男人瓜葛不休，缱绻绵长。

时辰未到，不能相伴，只能观望。

她，不曾占得一春。空有千百诗意，落得终世幽栖。

她，徒余几多孤啼。流转虚土红尘，化作一缕香魂。

秋声乍起，新梧变旧桐。

独倚小栏干，寒露冷风。

恼人香（菩萨蛮）

也无梅柳新标格，也无桃李妖娆色。
一味恼人香，群花争敢当。

情知天上种，飘落深岩洞。
不管月宫寒，将枝比并看。

——朱淑真《菩萨蛮·木樨》

她没有梅柳的幽柔标格，亦无桃李的妖娆颜色。她只有干净弥久的香，这香气十分深透。单单凭着这一点，她已然可以姿态端丽地睥睨群芳。这一处的女子端然地凝视着这一株植物，见她发青黄花芽，粉嫩的颜色看上去温润如玉。她大约是天上的种，被意外遗落到了这庸扰尘世间。

她定然相信这一点，因为她是如此爱她。

《咸淳临安志》卷二十三载：“僧遵式《月桂峰诗序》云：‘相传月中桂子尝坠此峰，生成大树，其华白，其实丹。’”“情知天上种，飘落深岩洞。不管月宫寒，将枝比并看。”这两句在月上桂子的传说里吞吐着内心对木樨的喜欢。传说月中有桂树，月中桂子倏忽飘落尘世，植入深岩洞穴，兀自壮大。

纵然出落在天上月宫里，但那月宫清冷花不寒。以她的冰清玉洁，她的独具芬芳，与群芳并枝看，绝不会输掉分毫。

使用“桂出月宫”典故的咏桂诗词不是少数。南宋诗人杨万里就有《丛桂》一首：“不是人间种，移从月宫来。广寒香一点，吹得满山开。”亦有诗《凝露堂木犀》：“梦骑白凤上青宫，径度银河入月宫。身在广寒香世界，觉来帘外木犀风。雪花四出剪鹅黄，金粟千麸糁露囊。看来看去能几大，如何着得许多香？”均引有此典。

月桂有一种厚积薄发的内敛生性。性情里最为难得的一种深静。风平浪静的表象之下暗藏壮阔波澜。这是大作为的人才有所具备的素质。朱熹说：“露邑黄金蕊，风生碧玉枝。千株向摇落，此树独华滋。”桃李萎靡日，月桂盛放时。内里丰盛的人必有发光的时候。朱淑真亦是如此。

弹压西风擅众芳，十分秋色为君忙。
一枝淡贮书窗下，人与花心各自香。

这是朱淑真《秋夜牵情六首》里的第四首——《咏桂》。这桂花在她的笔下有一种淡定从容、卓尔不群的超然和美。花照人心，美无言尽。她是在拿桂花自比。她要表达的也是一种气节。她的贞静和清决。朱淑真在世，其词作多被指摘为“未适乎情性之正”，但这首《咏桂》，气之清正不容置疑。另有诗《堂下岩桂秋晚未开作诗促之》。

着意裁诗特地催，花须着意听新诗。
清香未吐黄金粟，嫩蕊犹藏碧玉枝。
不是地寒偏放晚，定知花好故开迟。
也宜急趁无风雨，莫待霜高露结时。

朱淑真作这一首诗将内心一阵珍馐之愿景托付给了这一株植物。是日，她见月桂心切，却见桂花迟迟未绽放，便难耐心中焦迫。于是，她要专门赋诗填词来表达内心急切，以此敦促。

她将之当成自己对月桂的命令，并且容不得月桂一丝怠慢，需认真听取。这一刻，她们是姊妹。她是姐姐，月桂是妹妹。姐姐对妹妹说出一些苦口良语。

此刻，月桂依旧是清香未吐，花蕊未露。那些生机仍旧藏匿在碧枝玉叶里，没有漫出来。她命它快快开出花来。她说，你不开花，定不是因由处地寒冷的缘故，大约是你自恃花好清高，便迟迟不出花朵。你若是不趁着无风雨的好天气开出花来，怕是到了霜冻露结的时间，想开也开不成了。

她见桂花，是带着不幸的婚姻生活里衍生出来的忧伤情绪的。即便如此，她的咏桂诗以及这一首咏桂的《菩萨蛮・木樨》词，透露出来的意感却依然清新。她大约只有在与那月桂对花时内心才能得到久违的冷静和安宁。

暗淡轻黄体性柔，情疏迹远只香留。
何须浅碧深红色，自是花中第一流。

梅定妒，菊应羞。画栏开处冠中秋。

骚人可煞无情思，何事当年不见收。

引这一首李清照的《鹧鸪天·桂花》词来映照朱淑真的月桂情结，钟情于月桂的女子都有一种相通的气质，比如朱淑真和李清照的清决、疏淡、净冷与千转百折亦冷暖自知的强大内核。她们都是竭力生活的女子，迎对孤独、艰辛、苦难时，义无反顾。

词话五 何如暮暮与朝朝

暮与朝（鹊桥仙）

巧云妆晚，西风罢暑，小雨翻空月坠。
牵牛织女几经秋，尚多少、离肠恨泪。

微凉入袂，幽欢生座，天上人间满意。
何如暮暮与朝朝，更改却、年年岁岁。

——朱淑真《鹊桥仙·七夕》

彩云巧织装点着晚空。秋风去了暑，落雨染了红。月亮西下，情意浓稠。牛郎和织女，苦命鸳鸯侣。过了一个春，再等一个秋。离恨愁情泪如雨。到底等来了这一日。你执她的手，她牵住你的衣袖。人间天上欢喜深浓。爱，本无过错。

是谁下了这个蛊。

让你们，人间天上两相隔，朝夕变流年。

她对那一道划开了牛郎织女朝夕相伴的银河是有怨愤的。她对情里坎坷爱中舛错是有疼痛的心思的。朱淑真这一阕《鹊桥仙》颇有反秦观的意思。因为她的苦，她们的苦，一样的苦。这些，那时的男人哪里能够懂得。

她知道，一对永生不死却又永生难聚的爱侣，见或不见，都是万世凄凉。这就是封建道义里“父母之命，媒妁之言”下女人的命。而秦观公子，纵然心思细敏，又怎能全然看得透女人的心思?

自从她嫁给俗吏为妻陷入身心两异的尴尬之后，那一段情意与牛郎织女也算是殊途同归。但是这“归”归的不是终局，是相聚的倏忽、相守的刹那。她在这一处，他却在另一头。中间是山阻水断的迢迢路途。异处倍相思。

在朱淑真这一首《鹊桥仙》里，她宁愿舍掉虚妄不见边际的永远，也要握住惜惜怜怜的旦夕一日。朝朝暮暮的相伴等不等于岁岁年年的久长?这爱情里有太多太多参不透的玄机。在天愿作比翼鸟，在地愿为连理枝。愿景而已。

朱淑真还作过两首题为《七夕》的小诗。情词哀艳，两相呼应，所透露的感情依然是凉的、冷的、无奈的。

三秋灵匹此宵期，万古传闻果是非。

免俗未能还自笑，金针乞得巧丝归。

拜月亭前梧叶稀，穿针楼上觉秋迟。
天孙正好贪欢笑，那得工夫赐巧丝。

前尘姻事无休，省却今时浮游。现在的人大约很难义无反顾地去爱了。都是太爱自己了，不会给自己轻易犯险的机会。因人情愈寡淡，写出来的文章也变得愈索然。这自不是一件好事。

于是，听闻有人在自身单纯尚存的时候执意让自己去做一些固执的事。不怕受伤，不怕磕绊，不怕心损。便让闻者生生会为那人感动到荼然。

这些身心两异的角儿在历史里缀上了一点点鲜艳的红。百年千年或者更久，那一句句相思的话依然会萦绕在空气里，随着尘埃一起开出花来。这一刻，心里恨不能一股脑儿将它们一一吟给你听，慢慢地，悠悠地。也许我的心上人也会在未来的光阴某处痴痴地望着我的这一头，恻然动容的吧。

唯一可以与距离抵挡的是耐心。

把生活置于玫瑰之上，你需要拥有足够充沛的能量，去担当更多的责任，去与时间抵抗。那爱，也因此变得如同一缕幽风，握在手里，又仿佛不是你的。时时刻刻都想着掂量着过，但是谈何容易。这是一件十分艰辛的事情，不是谁都可以做得好。也因此，那爱变得郑重，而你变得小心翼翼。

相见不如怀念。不想与你说再见。人世无常，众生有爱。尚未为你把红豆熬成相思里缠绵的伤口，美景良辰亦未赏透，叫我如何能就此放手？揉凝千缕，拈落翠色，只为这一期一会的优美。一念千年。

银烛秋光冷画屏，轻罗小扇扑流萤。
天街夜色凉如水，卧看牵牛织女星。

吐冰洁（念奴娇）

冬晴无雪，是天心未肯，化工非拙。
不放玉花飞堕地，留在广寒宫阙。
云欲同时，霰将集处，红日三竿揭。
六花剪就，不知何处施设。

应念陇首寒梅，花开无伴，对景真愁绝。
待出和羹金鼎手，为把玉盐飘撒。
沟壑皆平，乾坤如画，更吐冰轮洁。
梁园燕客，夜明不怕灯灭。

——朱淑真《念奴娇·催雪》

鹅毛细剪，是琼珠密洒，一时堆积。
斜倚东风浑漫漫，顷刻也须盈尺。
玉作楼台，铅熔天地，不见遥岑碧。
佳人作戏，碎揉些子抛掷。

争奈好景难留，风僝雨僽，打碎光凝色。
总有十分轻妙态，谁似旧时怜惜。
担阁梁吟，寂寥楚舞，笑捏狮儿只。
梅花依旧，岁寒松竹三益。

——朱淑真《念奴娇·催雪》

咏雪的好诗词颇多。

比如“白雪却嫌春色晚，故穿庭树作飞花”。比如“岁暮阴阳催短景，天涯霜雪霁寒宵”。比如“忽如一夜春风来，千树万树梨花开”。比如“孤舟蓑笠翁，独钓寒江雪”。比如“银花珠树晓来看，宿醉初醒一倍寒”。比如“风一更，雪一更，聒碎乡心梦不成”。比如“北国风光，千里冰封，万里雪飘”。

朱淑真咏雪的文失落在浩瀚文墨里确实难以生出光彩。这两阕催雪词，亦只是她信手书就的一些花月情意。

“冬晴无雪，是天心未肯，化工非拙。”她说，本该下雪的日子里却是红日高悬晴空万里。天公不作美。她宁愿留着雪积在广寒宫中，也不肯放堕到人间里。只见“云欲同时，霰将集处，红日三竿揭”，却不知雪花飞去了哪里。

想起那丘上的寒梅，兀自盛放，却无什相伴。她不愿意做临水照花人却又想起旧日里的浓烈丰盛。此端的女子却也如枝上寒梅，独自开与谢，不入路人眼。但心里有念想，有希望，不熄灭，一直闪烁。

“沟壑皆平，乾坤如画，更吐冰轮洁。”这是朱淑真的虚写。朱淑真需要靠臆想来虚写一些情致。对朱淑真来说，它的必要性好比吸取的氧，代谢身体里的营养与毒素。孤独是毒，需要有光照进来，照亮锦绣丛中的荒芜心境，使之变得重新葱茏茂盛，就像雪满人间，天地洁光。

后来，朱淑真又写下第二首《念奴娇》。她端立在寒风里，迎着天地之间的光，将心底的暗覆没。踏过往事里的千山万水，来到大地尽头，摆脱我执，得到慧心。回眸一望，见得那一点鲜红嵌在皑皑白光里。

朱淑真作的咏雪诗词依然保持与其他诗词作品那一种相通的观感。仿佛她坐于某一荒野的客栈里，独自斟饮，观雪落进腐浊的人间。她捻起自己的一点旧事，丢到苍茫当中去回味，带着隐痛。并不大气，但是却细致，一如她的春词秋诗。从蜡梅、酒盏、飞絮以及生活琐碎和触目可及的微小风物着手，一点一点将内心的情绪注进诗词里。

比如诗《咏雪》：“六出飞花四面来，连山接水皓皑皑。玲珑天地苍茫合，的皪日期园林烂漫开。庾岭腊梅寒散乱，章台风柳絮萦回。自言空有孤吟癖，览景惭无谢氏才。”

比如诗《雪二首》。

其一：“一夜青山换玉尖，了无尘翳半痕兼。寒鸦打食围沙渚，冻雀藏身宿画檐。野外易寻东郭履，月中难认塞翁髯。梅花恣逞春情性，不管风姨号令严。”其二：“谁剪飞花六出尖，素娥肌肉莹相兼。分明幻玉迷青嶂，轻薄随风入画檐。冻笔想停诗客手，寒蓑宜拥钓翁髯。长安陋巷多贫士，可见鹑衣透胆严。”

比如诗《雪晴二首》。

其一：“桃李无言蜂蝶忙，晓寒未肯放春光。花将计会千山日，风为栽埋一夜霜。”其二：“早上新莺语尚蛮，花无气力倚雕栏。幸蒙残雪回头早，又遣东风薄幸寒。”

比如这一首《对雪一律》。

纷纷瑞雪压山河，特出新奇和郢歌。
乐道幽人方闭户，高歌渔父正披蓑。
自嗟老景光阴速，唯使佳时感怆多。
更念鳏居憔悴客，映书无寐奈愁何？

这首小诗里，雪是朱淑真用作的引子。

醉翁之意不在酒。她要表达的感情是“纷纷瑞雪压山河”的背景之下内心所盈回往来的对光阴转瞬的喟叹。安贫乐道的隐士闭门不出，身披蓑衣的渔夫高歌而回。如流水的光阴一去不复返，她恍然之间看到自己桑榆暮年的孤苦伶仃。

还有那不曾淡忘的旧人，他潦倒鳏居，独作人间惆怅客。于此刻，纵然她无寐时来映书挨度，亦是不能淡去心里那并不美丽的哀愁。

度暗香（卜算子）

竹里一枝斜，映带林逾静。
雨后清奇画不成，浅水横疏影。

吹彻小单于，心事思重省。
拂拂风前度暗香，月色侵花冷。

——朱淑真《卜算子·咏梅》

风雨送春归，飞雪迎春到。
已是悬崖百丈冰，犹有花枝俏。

俏也不争春，只把春来报。
待到山花烂漫时，她在丛中笑。

梅花培植起于商代，距今已有近四千年历史。梅是花中寿星，我国不少地区尚有千年古梅，有资料说湖北黄梅县有株一千六百多岁的晋梅，至今仍是岁岁作花。中国人深情，亦喜欢托物言情，寄情于物。因梅的生性殊异，于是它被中国人寄予更多的情意也是理所当然的事情。

她盛放于三九严寒，万花枯萎时。于是中国人让它成为一枚药引，牵系出诸多崇高的素质。比如坚忍不拔，比如自强不息，比如气节坚贞，比如铁骨冰心，比如有骨气。因此，它也最受文人墨客的嬖爱。

人说："文学艺术史上，梅诗、梅画数量之多，足以令任何一种花卉都望尘莫及。"这是确凿的事实。南宋大诗人范成大在《〈梅谱〉前序》里赞道："梅，天下尤物。无问智愚贤不肖，莫敢有异议。学圃之士，必先种梅，且不厌多。他花有无多少，皆不系轻重。"

开时似雪。谢时似雪。花中奇绝。
香非在蕊，香非在萼，骨中香彻。
占溪风，留溪月。堪羞损、山桃如血。
直饶更疏疏淡淡，终有一般情别。

写梅的词作里，晁补之这阕《盐角儿·亳社观梅》写得最入骨，写出了魂儿来。《宋史·文苑传》里称赞晁补之曰："补之才气飘逸，嗜学不知倦，文意温润典缛，其凌丽奇卓，出于天成。"

这一首词，遣词灵动，两联似对非对。有人说这阕词"读时芬芳怡人，读后风骨满怀"。确实是如此。他的词吟出来的时候，仿佛有一股凉风穿梭在唇齿之间，从身体携出芳香，整副身体都变得清净起来。

朱淑真也仿佛得了晁补之这首词的灵气，跟着吟起那枝上的梅来，并且气韵灵静。在朱淑真的眼里，那梅“浅水横疏影”的花姿是任何笔墨丹青都无法描绘准确的。

朱淑真爱梅是理所当然的事情。赏梅就如同阅读。在朱淑真的心底，梅成为了一个象征，它成了她孤苦境遇里的一道光。那些寒，不过都是为了让她看见她的光所在，在一些她的肉身所无法触及的世界尽头。

现实里的世界是寒冻的。她的爱情，她的婚姻，她的理想，她的未来，甚至她的墓穴，都是寒冻彻骨的。

她需要得到新的药剂来完成生命的新陈代谢。那药剂就是才华，就是诗词，就是梅。她的芬芳是疏淡的，是被隐藏的，是不轻易被人发觉的。但是那香她始终知道是彻骨的，一直都在。就像太阳，日日都会照常升起。

修到人间才子妇，不辞清瘦作梅花。

她静处望梅。寒意正深，思念正浓。

拼瘦损（柳梢青）

冻合疏篱，半飘残雪，斜卧枝低。
可便相宜，烟藏修竹，月在寒溪。

亭亭伫立移时，拼瘦损、无妨为伊。
谁赋才情，画成幽思，写入新词。

——朱淑真《柳梢青》

雪舞霜飞，隔帘疏影，微见横枝。
不道寒香，解随羌管，吹到屏帏。

个中风味谁知？睡乍起、乌云甚攲。
嚼蕊妆英，浅颦轻笑，酒半醒时。

——朱淑真《柳梢青》

玉骨冰肌，为谁偏好，特地相宜。

一味风流，广平休赋，和靖无诗。

倚窗睡起春迟，困无力、菱花笑窥。
嚼蕊吹香，眉心点处，鬓畔簪时。

——朱淑真《柳梢青·梅》

朱淑真写梅的词留世的不多，但诗不少。《断肠集》收录的咏梅诗就有十多首。比如《咏梅》，比如《探梅》，比如《二色梅》，比如《冬日梅窗书事四首》。

其一

明窗莹几净无尘，月映幽窗夜色新。
惟有梅花无限意，射人又放一枝春。

其二

爱日烘檐暖似春，梅花描摸雪精神。
清香未寄江南梦，偏恼幽闲独睡人。

其三

病起眼前俱不喜，可人唯有一枝梅。
未容明月横疏影，且得清香寄酒杯。

其四

的皪江梅浅浅春，小窗相对自清新。
幽香特地成牵役，不似梨花入梦频。

本觉着第四首里“的皪”一词饶有趣味。其实它的意义十分单纯，就是形容光亮明耀的样子。汉朝大文豪司马相如的《上林赋》里有曰：“明月珠子，的皪江靡。”《上林赋》里这一处的“的皪”是用来形容珍珠光芒熠烈、十分夺目的样子。在朱淑真这首诗里，就是说一朵红梅嵌在皑皑白芒之中如同一道突兀亮烈的光。

朱淑真的内心是盈有希望的。她并不完全畏惧这些心底的希望会被慢慢耗尽。因她知道，等到希望耗尽之时，也就是她的灵魂出窍重获自由的一刻。每个人都不能例外，希望被挥发殆尽，就如同出生到死去，不过一件如鱼饮水的小事。

那一日，窗外雪花曼舞，仿佛整个人间都变得洁净。她隔着帘，瞥见红梅的横枝疏影，恍然就觉得这冰天雪地里染着一簇微弱的火焰，灼热着她深闺里一切的冷。正当她心绪飘然而出的那一刻，那傲放的梅香竟融在悠扬笛声里传进了自己的闺帏当中，像爱人抚摸着她全身的每一寸羞涩与冀望。

那不是谁都能懂得的事。

当她醒过神的时候，却是“乌云甚欹”。乌云在古时常用来比作女子乌黑秀发，此处亦然。睡意仿佛尚存。她一头闻着盈袖的梅香，一头对镜理云鬓，懒色里尽是娇憨。她已然一副在独自的时间里怡然自得的样子。又或者，她与那个他幽会的期限将至，眼下的寥寥似乎也就不足挂齿了。她心头正欢着。仿佛，那一世的等，也就是为了瞬间的那一吻。

第三首《柳梢青·梅》。明朝《诗词杂俎》本收录在《断肠词》里。《花草粹编》卷四亦将之作朱淑真词。但《历代诗余》卷二十与唐圭璋的《全宋词》里将它收录在了南宋文人扬无咎《逃禅词》当中。虽然不能确证它到底出自谁手，但既然这一时是在写朱淑真，那么自然应当连着朱淑真来写。

梅入她眼便是好的。骨如青玉，肌若冰雪，里里外外都渗透着一种清净的美感。这一首词无多伤怀的情意。相对于朱淑真其他的词作，情意单纯了许多，仿佛只是一个娇憨的少女在香闺里顺着心头一点旖旎的心思和着窗外的落雪红梅赋了一首自娱自乐的小词。

处处都只是她一个人的小情怀。虽词义浅白无深意，但吟诵起来的时候，画面感还是十分强烈。这也是朱淑真闺情词少有的温暖之作。

读它的时候，仿佛就望见不远处隐隐有个懒起画蛾眉的小女子，对着那美到“广平休赋，和靖无诗”的风流景致啧啧地叹了几声。“万木冻欲折，孤根暖独回。”她夹起一枚梅花瓣，或含在朱唇间，或贴在眉心处，或折下一枝佩在鬓里。

它与她仿佛总是处处相宜的。这爱梅又爱美的女子总是知道在自己凉薄的境地里酿出一点孤芳自赏的情意，孤独且芳美。

万物生长，并日臻完善。身体连同灵魂里的心智。也许此词作于朱淑真将要离开夫家归返娘家的前岁之冬。于是，她处处看见光，处处酿着暖。陆游说梅“雪虐风饕愈凛然，花中气节最高坚”，那么朱淑真明白，她的活法也当是“凌寒独自开”。

词话六

恰如飞鸟倦知还

惜花心（西江月）

办取舞裙歌扇，赏春只怕春寒。
卷帘无语对南山，已觉绿肥红浅。

去去惜花心懒，踏青闲步江干。
恰如飞鸟倦知还，澹荡梨花深院。

——朱淑真《西江月·春半》

何岁逢春不惆怅，何处逢情不可怜。这“春”的意象，在朱淑真的《断肠词》里确实是一笔浓墨重彩。《断肠词》里伤春词居多，这也是应了唐寅这一句话。

朱淑真作这一阕《西江月·春半》也是惜春词。表面看上去是写游春赏景，其实不然。那一句“卷帘无语对南山，已觉绿肥红浅”已经泄露了她的心思。这一刻，她就像《红楼梦》里葬花的林黛玉。

花谢花飞飞满天，红消香断有谁怜？

游丝软系飘春榭，落絮轻沾扑绣帘。

…………

一年三百六十日，风刀霜剑严相逼。

明媚鲜妍能几时，一朝飘泊难寻觅。

这是林黛玉的《葬花吟》的几句。

林黛玉在贾府中，虽有贾宝玉殷殷呵护，亦有贾母疼爱与照顾，但毕竟是外孙，按照当时的礼教观念，寄人篱下的滋味心里头多少还是有一些的。父母双亡的凄凉身世之下多是无人做主的茕茕境地。加上林黛玉天性敏弱，骨子里便是一个凄婉殇情的女子。

于是，见那落花，不免觉得风刀霜剑严相逼，自怜之心油然而生，不禁感慨自己的身世，顿觉心身凄凉。

这一处的朱淑真赏玩春景，见那“红浅”，不禁惜春怜花。那句“绿肥红浅”大致是引自李清照的那一句“知否？知否？应是绿肥红瘦”。放在这里用也是恰到好处的。宛然望见她缠绵悱恻之情郁结于中难以释怀的忧伤模样。不过这都已经是过去的事情了。她最终还是挣脱了淤泥，如莲盛放。而这，又是以后的事情了。

美人如花隔云端。若是说女子无才便是德，那么朱淑真算是“失了大德”。李清照是，柳如是是，张爱玲是，三毛也是。太多女子“失了德”，于是不得爱。

林黛玉叹得妙："我曾见古史中有才色的女子，终身遭际，令人可欣、可羡、可悲、可叹者甚多。"有才的女子总是不能甘于寂寞，她们知道为自己活，于是纵有"可欣、可羡"的时候，但到底还是"可悲、可叹者"居多。

朱淑真"天资秀发，性灵钟慧"，然而，命有定数却无公允。曾经，她单薄的生命里获得的爱是那么充沛，那么丰盈。可终因"早岁不幸父母失审，不能择伉俪"，"乃下配一庸夫"致使"一生抑郁不得志"，"每临风对月，触目伤怀"。

她是对爱情对未来有抱负的女子。她仿佛是一枝带雨梨花，忧悒地等待着意中情人的携手。她如何能忍得住无才庸夫酒池肉林日夜狎妓。于是婚配之后，她将所有内心苦闷愁怨诉诸笔端，对着风吟，对着月唱，对着萧萧红尘顾影自怜。她是清醒到残酷的女子。

有人觉得朱淑真的词质肤浅，仅仅囿于个人的感情趋索。这都是一些片面之言，对朱淑真也是不公允的。事实上并不是这样子，朱淑真有豪气的文，亦有意境辽远旷达的字。比如她作的《咏史十首》。比如她这一首《读史》。

笔头去取万千端，后世遭它恣意瞒。
王霸谩分心与迹，到成功处一般难。

她留存于世的《断肠词》多停滞在闺中情思上，让人觉得她只是一个徘徊在情事烦琐中的女子，整日萎困在愁云惨雾中不能自拔。不然，古时环境也决定了女儿家只能闺里迎拒，纵有鸿鹄志也是枉然。朱淑真有一首叫作《春日亭上观鱼》的言志诗写得十分好。

春暖长江水正清，洋洋得意漾波生。

非无欲透龙门志，只待新雷震一声。

春江水暖，井池之鱼洋洋得意。自在游弋，毫无约束，仿佛游在长江里。那一刻，朱淑真的灵魂仿佛出了壳，钻进了鱼的身体里，与之共饮清清水，望那水波荡漾，涟漪灵动，心有不甘蛰伏的念头。

她在这里用了那个“鲤鱼跳龙门”的典故。《淮南子·修务训》里载：“江本有水门。鱼游其中，上行得过者便成龙。故曰龙门。”一语道破女儿志。朱淑真的内心雪藏起的理想追求可见一斑。

朱淑真深知自己身为女子生不逢时。鱼玄机那一句“自恨罗衣掩诗句，举头空羡榜中名”写得深刻，但这一切在她的心底又是早有铺垫的，因此，也就没有更多的怨怼，徒然慨叹而已。

而正是这女子心里存下的那一点对自己的“活”所望所逐的意念，促使她成为一朵兀自盛放独自香的孤绝的花。

零落谁（月华清）

雪压庭春，香浮花月，揽衣还怯单薄。
欹枕徘徊，又听一声干鹊。
粉泪共、宿雨阑干，清梦与、寒云寂寞。
除却是江梅，曾许诗人吟作。

长恨晓风飘泊。且莫遣香肌，瘦减如削。
深杏夭桃，端的为谁零落？
况天气、妆点清明，对美景、不妨行乐。
拌着，向花前时取，一杯独酌。

——朱淑真《月华清·梨花》

古人写梨花的诗词不少，诸多佳句可拈来共飨。

比如刘方平的“寂寞空庭春欲晚，梨花满地不开门”。比如韦庄的“细雨霏霏梨花白，燕拂画帘金额”。比如李白的“梨花千树雪，杨叶万条烟”。比如白居易的“玉容寂寞泪阑干，梨花一枝春带雨”。

比如苏轼的“梨花淡白柳深青，柳絮飞时花满城。惆怅东栏二株雪，人生看得几清明”。比如黄庭坚的“压沙寺后千株雪，长乐坊前十里香”“风飘香未改，雪压枝自重”。比如晏殊的“梨花院落溶溶月，柳絮池塘淡淡风”。

而流传最广的当数岑参的边塞诗《白雪歌送武判官归京》里的那一句“忽如一夜东风来，千树万树梨花开”。

北风卷地白草折，胡天八月即飞雪。忽如一夜春风来，千树万树梨花开。散入珠帘湿罗幕，狐裘不暖锦衾薄。将军角弓不得控，都护铁衣冷难着。瀚海阑干百丈冰，愁云惨淡万里凝。中军置酒饮归客，胡琴琵琶与羌笛。纷纷暮雪下辕门，风掣红旗冻不翻。轮台东门送君去，去时雪满天山路。山回路转不见君，雪上空留马行处。

这首诗，岑参在天宝十三年（754年）作于轮台。全诗色彩浪漫瑰丽，结构开阖自如。笔锋纵横矫健，气场磅礴浑然。后人说它是大唐边塞诗歌的压卷之作一点也不为过。

但要知道，这并不是一首写梨花的诗，这是一首边塞送别诗。至于这一句“忽如一夜春风来，千树万树梨花开”，也只是用来形容北方大雪。虽然它美得让人动容。

甚多诗词里雪花、梨花不分家，它们仿佛就是古人笔下的双生花，而将皓雪写作梨花的比喻则更是诗家、词家常用的手法。在朱淑真这一首《月华清·梨花》里更是描摹得出神入化。

朱淑真这首写梨花的词，开篇一句“雪压庭春”便营造出了清冷曼妙的意境，悠远薄净。春日，庭院里枝头盛放梨花，如同白雪覆盖。看过去是极为清美的景致。以雪喻梨花，唯美生动，妙趣横生。

“欹枕徘徊”一句是说朱淑真辗转反侧夜不能寐。“干鹊”则指喜鹊。鹊恶湿，晴则燥。所以喜鹊又作干鹊。夜闻几声寂寥鹊啼，染来一身凉意。“粉泪共、宿雨阑干，清梦与、寒云寂寞。”朱淑真独倚寂寞心意。

于是，整首词的上阕就描述了这样一幅静美寂凉的场子。夜阑人静的春夜里，雪压庭春，响浮花月，淑真独寝不能，闻见喜鹊几声夜啼，便倏地落了泪。这泪是从心底淌出来的，在这夜里漫成了一场荒洪。

女人的寂寞有时是波澜壮阔的，如同一种顽疾，会致死。朱淑真这个女人不幸运。家里的男人百般不能让她如意，哪怕她委曲求全到底还是落得一个丈夫再入妾室、自己独守空闺的下场。但她知道，这错不在她。错在男人粗漏，错在光阴有毒。朱淑真作这一曲《月华清》的时候大约心境如此。

与不爱的男人婚配后再独守空闺。羞耻的孤独被放射到最大。一花一世界，孤独无边崖，雪压庭春，女儿呜咽。

至于下阕里的话，“况天气、妆点清明，对美景、不妨行乐。拌着，向花前时取，一杯独酌”。以乐衬悲，只是一种自嘲式的佯装的洒脱与脆弱的喜乐。叹它一句：“长恨晓风飘泊。且莫遣香肌，瘦减如削。深杏天桃，端的为谁零落？”

听她咏《梨花》。

朝来带雨一枝春，薄薄香罗蹙蕊匀。
冷艳未饶梅共色，靓妆长与月为邻。
许同蝶梦还如蝶，似替人愁却笑人。
须到年年寒食夜，情怀为你倍伤神。

寒阴晓（绛都春）

寒阴渐晓，报驿使探春，南枝开早。
粉蕊弄香，芳脸凝酥，琼枝小。
雪天分外精神好，向白玉堂前应到。
化工不管，朱门闭也，暗传音耗。

轻渺。盈盈笑靥，称娇面、爱学宫妆新巧。
几度醉吟，独倚栏干，黄昏后，月笼疏影横斜照。
更莫待、单于吹老。便须折取归来，胆瓶插了。

——朱淑真《绛都春·梅》

有一支古筝演奏的曲子，叫作《梅花三弄》。《梅花三弄》是中国著名十大古曲之一，也唤作《梅花引》或者《玉妃引》，是中国传统艺术里咏梅的乐曲佳作。

据《神奇秘谱》里记载它最早大约是由东晋时一个叫作桓伊的乐师所奏。因曲子结构上采用循环再现的手法，重复整段主题三次，每次重复都采用泛音奏法，所以称为“三弄”。

尚记得《梅花烙》里白吟霜楚楚的模样。一身素衣，面容娇美，身体清弱。仿佛风一吹，也就会跟着飞走去。有些女子，就是生得太美了，反倒注定不能融在这滚滚红尘里，哪怕了却一桩爱意里的事。

朱淑真也是会弹曲的。抚琴而坐，纤纤手指拨动一根弦，然后一曲戏水流觞的《梅花三弄》应指而出。只怕是终了的那一刻，琴音未定，她早已珠泪涟涟，心里的几多酸楚一并涌上了心头。幸的是，日子里寒冷阴霾的天气终于渐渐晴暖起来。

那一日清晨，她推开小窗时竟意外瞥见南墙外绽出一枝梅，顿觉内心欢喜无限。那一枝梅怕是出门得太早，竟不自觉泄露着一些少女的娇羞。粉琢玉雕的花枝娇小，玲珑妩媚得酥香曼妙。

人常常因为一些细微之处的美和惊喜所感动。想必那一整日她都心意欢快。于是，她踏上绣鞋，匆匆跑去驿站告诉信使这一处温暖细小的秘密。庭院再幽深，到底还是关不住这自然里的生机造化。这一缕蓬勃颜色，音耗暗传。

温柔娇笑，宫妆新巧，再吟诗几首，此情此景此兴，整个人都能醉掉。纵使如此，但她到底是寂寞的。黄昏后月上梅梢，她再次独倚栏干时，到底还是缓缓归了心神，看见了自己单薄的衣襟里藏掖着羞耻的孤独。

趁早，什么都得趁早。爱与不爱，乐与不乐，哀与不哀。还有枝上那一枝梅，摘与不摘。她知道再不等到那梅冷风里零落碾作尘再来生恨，于是利落地去折下它回家插在胆瓶里，再不要见它在风尘里惨然。

园林经腊正凋残，独尔花开烂漫鲜。

借问陇梅知幸否？得陪春卉共时妍。

朱淑真作这首《腊月踯躅一枝独开》时心境淡定许多，也有快乐的趋势。她见到这园林小径之上的蜡梅都已凋谢枯落。春光将至，所有花都已形容渐损，待枯萎时。唯独田埂之上还剩一株，花开烂漫。令她从荒芜中遇得惊喜。所以，她问陇上独梅可知自己生世之幸，竟得与春暖花开时百卉争芳。如此，她亦透露出自己内心尚存的冀望。如光，将她照亮。

园林萧索未迎春，独尔花开处处新。

只有宫娃无一事，每将施额斗妆匀。

这是《梅花》二首第一首。写冬日园林萧条索然，独有梅花开放。与《腊月踯躅一枝独开》里那两句“园林经腊正凋残，独尔花开烂漫鲜”映照得趣妙。此景之下，她做想象，想拿闲来无事的深宫女子大约会去摘花贴额斗妆匀，做一番戏耍。这一处，她心意尚敞亮。那一头，亦是生机担当。

消得骚人几许时，疏离淡月著横枝。

破荒的皪香随马，春信先教驿使知。

朱淑真作这《梅花》二首的第二首时，大约未至不惑。于是，她依旧在诗里暗藏下自己欣欣向荣的理想。

是夜月淡。她行至篱笆前，望那横枝独梅。花光月影宜相照，意连连。她猛然叹起古来文人墨客，折服在这幽香清尘的花下，顾影自怜，流连忘返。不知觉里，便神游外离，了然无去向。也难怪此一刻，它会香随悍马破荒的踪，告知信使，春信临至，流转天下。

梅是有灵性的花，知道赏梅人心里的甘苦。所以她总要在适当的时候散出香来，沁到人的骨子里去。让赏梅的那一个人在身外，心里芬芳。

因此，爱梅之心是容易理解的，她殊胜的品性总容易让内心充满冀望的人将她与太多现世里繁杂的人事惹上牵系，对她附上一些额外美好的心思。这始终都是一件好事。不是每一抹红、每一株绿都入得了那些士子清流的眼。

《断肠词》一共不过二三十首。单单咏梅的就有四首。可见梅在朱淑真心里的重量。朱淑真作诗词咏梅是常有的事情。她于生活无寄之时必有以梅为夫的心思，好比林逋的梅妻鹤子之心，甘愿做一个冀望担当的临水照花人。如此，心里头也好有一些慰藉，一些温情。

朱淑真不比林逋。她是女子。她了悟在心的是自己这一生的感情追寻。自始至终，从未放弃。那是她对自己所能做出的一辈子的唯一的承诺。不用别人的担当，只用自己的一根灯芯。燃一世光阴，过一生。

不怨不悔。

春愁怯（阿那曲）

梦回酒醒春愁怯，宝鸭烟销香未歇。
薄衾无奈五更寒，杜鹃叫落西楼月。

——朱淑真《阿那曲·春宵》

上

淡薄轻寒雨后天，柳丝无力带朝烟。
弄晴莺舌于中巧，着雨花枝分外妍。
消破旧愁凭酒盏，去除新恨赖诗篇。
年年来到梨花月，瘦不胜衣怯杜鹃。

朱淑真这一首《春霁》如同一剂薄荷，含在口中，凉意沁进骨子里。暖是一乍，凉才是悠长。虽那富丽的春景让朱淑真心里头有了妍暖的舒坦，但却又惶恐时光之仓促，怕听得那杜鹃的啼血声声。就像午夜梦回，酒醒处是一片阑珊夜意。本想借酒消愁，岂料此刻忧上加忧。不见和气芳草，只有寥落闺情思怯了那春愁。

那宝鸭铜炉里的香料早已燃尽，只是香气未消，弥散在空气里，环绕在身体上。那倏然即醒的一眠就像偷偷窃来的欢，一慌神就不见。春光已暖，早已卸了厚衾。只是这五更的凌晨，却是寒气袭人，冷到了心里去。难怪李煜也在《浪淘沙》里写下过“罗衾不耐五更寒”的话。李煜成了大宋的俘虏，而朱淑真也在爱情的场子里被充军发配到僻远荒地。

遇人不淑、所嫁非偶的难处不会有人知道。情难处尚不止此，偏偏在这怫郁凄楚的时候又传来子规鸟鸣的凄凄惨惨戚戚。《宋词鉴赏辞典》里曾收录下了朱淑真这首《阿那曲·春宵》，并评说道：“首句点示一个‘愁’字为题旨，但‘愁’毕竟是心灵中的隐在意绪，究竟怎么个‘愁’法，‘愁’成什么形态呢？朱淑真深懂艺术之壶奥，于是随后铺排出富有典型意蕴的一组情境，以具象显示抽象，用实境表现心境，从而把人引进她的艺术氛围之中，令人如见其状、如闻其声，乃至感同身受地为之一洒同情之泪。”

分析得精妙。

本来词之雅正，在神不在貌。所以王国维论词的时候也说：“词以境界为上。有境界则自成高格，自有名句。”“观物著我彩，言情沁人心。”这句用来形容朱淑真的诗再妙不过了。朱淑真留存的诗比词要多得多，但是质量上丝毫没有逊色。

人生如戏。朱淑真始终站在一个黯然的角落里头，归心低首为爱苦祭。若是可以有爱，不要覆水难收，彼此牵住手一直走下去就好。因为我知道：慧极必伤，情深不寿。

朱淑真大约直到很久之后才明白了这个道理。他们初见之时，她只是内心单纯如女童的一朵莲，开在时光的尘埃里，盛放得清美欲滴。而他如同一株新嫩苍翠的白杨，朝气蓬勃，力量旺盛。于是，一根红线一头系在她的手里，一头系在他的丹心。对望无言但心里早已默默有了确认。

她知道，他是她的。

他亦明白，她是属于他的。

那一刻。

少年的爱总是纯粹凶猛、义无反顾的，就像幼童身体里好奇愿欲之下本能的需索，执拗顽固、不死不休。所以在分离的时候，那多到无处纵放的爱就总要变成另一种形态积压在心头，成了愁，成了怨，成了血红的相思，成了苍白的纪念，连他们自己都对这些无能为力。人太渺弱，所能掌控的始终只有命运里的那么一点尘埃。

席慕容写过一段深痛的句子。她说："如果你愿意，我将立即使思念枯萎、断落。如果你愿意，我将把每一粒种子都掘起，把每一条河流都切断，让荒芜干涸延伸到无穷远，今生今世，永不再将你想起。"当时只道是寻常。

燕儿东逝流水，战士吹梅一别。母鹿星河初透，琥珀烟火倚人间。独我拈花碎步，金钗绎奴玲珑。笙歌乱雪千重，晚净天凉凤华开。

已是人间寂寞花，解怜寂寞傍贫家。

老来不得登高看，更甚残春惜岁华。

下

与君形影分胡越，玉枕经年对离别。

登台北望烟雨深，回身泣向寥天月。

这是唐代女诗人姚月华的《阿那曲二首》的第一首。第二首内容是“银烛清尊久延伫，出门入门天欲曙。月落星稀竟不来，烟柳瞳眬鹊飞去”。关于姚月华，《琅嬛记》有记：

笔札之暇，时及丹青。花卉翎毛，世所鲜及。然聊复自娱，人不可得而见。尝为杨生画芙蓉匹鸟，约略浓淡，生态逼真。

据《词苑丛谈》卷十二记载：“姚氏月华，随父寓扬子江，与邻舟书生杨达相遇。见达《昭君怨》诗，爱其‘匣中纵有菱花镜，羞向单于照旧颜’之句，私命侍儿乞其稿，遂相往来。一日，杨偶爽约不至，姚作《阿那曲》云：‘银烛清尊久延伫，出门入门天欲曙。月落星稀竟不来，烟柳瞳眬鹊飞去。’”

说的是姚月华某一日得见杨达的《昭君怨》诗，并十分喜爱其中“匣中纵有菱花镜，羞向单于照旧颜”两诗句。于是姚月华私下令自己的侍女去向杨达讨来他的诗稿来看。一来一往变常来常往，于是二人便于互相往来的过程当中，互生爱慕，相亲相爱起来。后来，杨达不再到她家来，这两首《阿那曲》词便是描写她失恋后的内心景状。

这是词牌《阿那曲》引来的记录。

姚月华心里的苦情朱淑真最懂。关于女子心中那一点琐碎哀愁，没人有朱淑真体会得那么细致、深入、流连。苦大愁深的表象之下获得的道理是朱淑真用一生的孤独、执念、对内心意愿竭力侍奉来换得的。她的怨气并没有被多数人理解，甚至死后也不得清眷。

满眼春光色色新，花红柳绿总关情。
欲将郁结心头事，付与黄鹂叫几声。

朱淑真作下众多愁怀盈溢的诗词作品，比如她的《愁怀二首》。这是《愁怀》其二。她再见春光明媚，清新摇荡，湮满人心。花红柳绿漫漫春景实在教人情怀勃勃。她急欲将郁结于心的那些事情，在时光里沉落下来的忧愁和不幸婚姻的背后她不为人知的深广不变的陈旧的爱，一起交付给枝上黄鹂，让它一鸣散尽，传递到她不可及的远处。

再比如她的《旧愁二首》。其一："银屏屈曲障春风，独抱寒衾睡正浓。啼鸟一声惊梦破，乱愁依旧锁眉峰。"其二："花影重重叠绮窗，篆烟飞上枕屏香。无情莺舌惊春梦，唤起愁人对夕阳。"

闺房里银屏曲折展开，挡住窗外微寒春风。而她则是一人拥衾独卧而眠。岂料酣睡浓时，啼鸟一声，她被立刻惊醒，从睡梦里醒来。眉目之间此刻依然透露出些微的倦怠，许是睡不沉深的梦魇当中遗留在她身体里的疲劳。

待她再起身光天化日之下信步徜徉时，见花影映照到雕栏花窗上，错落有致。忽觉内心潋滟春光，旖旎而开。屏风后的熏香有袅袅香烟升腾而起，恍如坠落于隔世的梦里。只是莺鸟不通人性，乍舌一鸣，惊了她的短暂春梦。再回首，却已是夕阳西下，隐月如钩。

愁自朱淑真彩凤随鸦。

朱淑真有诗《闷怀》："秋雨沉沉滴夜长，梦难成处转凄凉。芭蕉叶上梧桐里，点点声声有断肠。"诗《黄花》："土花能白又能红，晚节犹能爱此工。宁可抱香枝上老，不随黄叶舞秋风。"诗《圆子》："轻圆绝胜鸡头肉，滑腻偏宜蟹眼汤。纵可风流无处说，已输汤饼试何郎。"二人的不相称与强成匹偶、所适非伦的内心压力，她早在自己这些诗当中表达得清楚有致。

鸥鹭鸳鸯作一池，须知羽翼不相宜。
东君不与花为主，何似休生连理枝。

朱淑真样样都好，就是缺了一点感情里应当有的果决勇敢，就连那一期一会的幽媾都酝酿了太久，但这大约也是光阴荼毒的结果。任谁也是无力的。谁也抵不过光阴的摧毁力。细水长流滴水亦能穿石。女子的坚韧亦只是假装的坚强，迟早是会被解松的。

词话七

落花和雨夜迢迢

花似旧（菩萨蛮）

湿云不渡溪桥冷，蛾寒初破霜钩影。
溪下水声长，一枝和月香。

人怜花似旧，花不知人瘦。
独自倚栏干，夜深花正寒。

——《菩萨蛮·咏梅》

上

冬末春初的某一个夜晚，她立在木桥头，抬着头望天。乌云带着梨花雨凝集在顶上的那一处，抑抑沉沉的重。她仿佛被压得喘不过气来，俯下身子向深水里探望。不一会儿，知觉到那冷风蚀骨的寒。而桥下，除了水声潺潺，空空寥寥。幽影轻寒里只闻得弥散在月辉里的梅花香，仿佛要将她的魂魄勾引了去。

“花自无情，人自多感。”公允在感情里本就是不存在的，她知道。她怜花的爱念依旧，花却不会知道她心里的憔悴消损。李清照叹得好，“帘卷西风，人比黄花瘦”。她本无须告之与旁人旁物。那是只属于她一个人的苦楚。夜半无眠独倚栏干，夜深花正寒。

这就是她需要担当起的命局。

她也在这样做。

这一首《菩萨蛮·咏梅》里，朱淑真第一回在她的词中埋怨她热爱的梅“花不知人瘦”。但是这轻怼的语气里是更为丰盛的爱与更为诚坦的热忱。况周颐在《蕙风词话》里说：“词有淡远取神，只描取景物，而神致自在言外，此为高手。”女词人里，李清照为冠，朱淑真次之，都是才远力澹的好女子。

朱淑真与李清照的相似之处，非是仅有咏絮才华满地芬芳，更让人惊叹的是二女子隔代为知音的彼此内心所共拥有的植物情结。除了写梅、月桂和梨花，朱淑真的《断肠集》里尚存描写她眼中更多的花风草木的诗。

诗有《海棠》：“天与娇娆缀作花，更于枝上散余霞。少陵漫道多诗兴，不得当时一句夸。”有《芍药》：“芬芳红紫间成丛，独占花王品第中。到底只留为谑赠，更劳国史刺民风。”有《杏花》：“浅注胭脂剪绛绡，独将妖艳冠花曹。春心自得东君意，远胜玄都观里桃。”

有《新荷》：“平波浮动洛妃钿，翠色娇圆小更鲜。荡漾湖光三十顷，未知叶底是谁莲？”《荷花》：“暑气炎炎正若焚，荷花于此见天真。香房馥郁随风拆，笑脸夭娆映水新。间叶浅深殷似点，满地繁媚丽于春。年年占得余芳在，几见当时步步人。”

有《乞兰》：“幽芳别得化工栽，红紫纷纷莫与偕。珍重故人培养厚，真香独许寄庭阶。”《樱桃》：“为花结实自殊常，摘下盘中颗颗香。味重不容轻众口，独于寝庙荐先尝。”《芙蓉》：“满池红影蘸秋光，始觉芙蓉植在旁。赖有佳人频醉赏，和将红粉更施妆。”《黄芙蓉》：“如何天赋与芬芳，徒作佳人淡伫妆。试倩东风一为主，轻黄应不让姚黄。”

亦有《长春花》：“一枝才谢一枝殷，自是春工不与闲。纵使牡丹称绝艳，到头荣瘁片时间。”《蔷薇花》：“飞葩散乱拥栏香，万朵千枝不计行。烂漫初开向清昼，会稽太守乍还乡。”《后庭花》：“岂意为花属后庭，荒迷亡国自兹生。至今犹恨隔江唱，可惜当时枉用情。”

庭外缃桃一萼红，多情特地振春风。
仙源已露真消息，迥作新花发旧丛。

春日里的群芳百卉姹紫嫣红。她独倚在小窗边，怔怔地凝着窗外。赏流景琳琅，神游千里外。她猛然看见宅院外的那一株桃树上有一点新艳的红。不是一枚浅红色桃果。再细看，却是成片的浅红花朵晕染成的一片红。

她在远处看过去，只是零星一小点。但就是这一点，已将春的情意绵绵表达得透彻尽致。这转瞬之间的生机如若泄露自天池仙源，令她内心欢喜欣悦。这首诗是写桃花的，名为《小桃叶去偶生数花》。朱淑真亦有写牡丹的《偶得牡丹数本移植窗外将有着花意二首》诗。

王种元从上苑分，拥培围护怕因循。
快晴快雨随人意，正为墙阴作好春。

香玉封春未啄花，露根烘晓见红霞。

自非水月观音样，不称维摩居士家。

牡丹是富贵花。她这一盆更是从帝王的园林处引来的种。她对它小心翼翼地培植养护，丝毫不敢马虎懈怠。这便是她对它的忠贞所在，是她与生俱来的素质。对待每一件有爱的事物。适逢一个人的好天气，晴雨分明，恰到好处，正称了她的心意。于是这一株牡丹便丰美起来，含苞欲放，带她引来这一个明媚的春。

时日不久，它便结出鸟喙一般的花蕾，虽细小却娟致。枝上新芽在日光照耀下亦是彰显勃勃生机的。牡丹只是人间花，它不像自在观音，水月祥安。亦不如维摩居士，洁尘出世。但依然是清雅的，有段位的。在她的眼里、心中、灵魂里，是好的。

女子情思细微精致，对花风草木的敏感是天性里的东西。

亦非三言两语可以言传生色的。

下

朱淑真的生命是循序平稳的。

但平稳是假象，循序当中又有跌宕和激越。而这些都源自她内心的不决断的爱。她始终不能向自己的内心做出妥协，或者向世俗生活做出妥协。所以她一辈子都是在内心荒芜和流离的纠缠不休当中度过的。她也不是没有遇到过暖，但那暖是短暂的、稍纵即逝的。

所以朱淑真在她的文字铺陈里将自己变成“怨妇”。她在时间里跌打滚爬，私酿下的诗词篇章，是她唯一的生的证据。那些作诗作词的时间里的朱淑真也是最单纯最洁净的。她将灵魂里的喜悦、不满、悲哀、苦难，毫无保留地倾吐了出来。义无反顾。

以花木为题材来填作的词诗是她掺杂个人感情色彩最清淡、最隐晦的作品，亦是最平然的。吟在口中是最为清决的。其中咏竹诗为最好。

百竿高节拂云齐，千亩谁人羡渭溪。
燕雀漫教来唧噪，虚心终待凤凰栖。

诗题为《对竹一绝》。百株高竹直耸入云，景状令人赞叹。观此景象，自是无心再去歆羡千亩之广的渭溪林场。这竹是有气节和追求的，它拒绝燕雀的唧噪，它不容许内里不能与之匹配的飞禽栖息端处，只候彩凤，宁缺毋滥。朱淑真不是单纯吟咏，她是有情怀在里面的。这是她自喻的妙处，来表达她内心的虚怀明洁。

纷纷桃李皆凡俗，四时之中惟有竹。
非惟苍翠列风轻，对之自觉清人肉。
羡君年少多才艺，笔墨潜偷造化力。
扫出一枝爰惠我，清阴翠色惊满幅。
嗟我得之喜何似，贪夫忽获珠盈斛。
朝夕捧玩不知疲，如在太白楼上宿。
遽令标轴挂壁间，劲节直日长目前。
不必溪边寻六逸，不必林间访七贤。
岂使阎本与王维，独擅古今称神师。
又有屏间名浪得，误墨成形何足奇。

未若一笔扫一枝，渭川移来人莫疑。

珍藏欲默默不得，命笺索笔成新诗。

诗穷纸满意不尽，阁笔无语愧才稀。

这一首《代谢人见惠墨竹》，朱淑真旁征博引，空灵生动。能赋诗如此，岂是寻常女。她本身即如“纷纷桃李皆凡俗，四时之中惟有竹。非惟苍悴列风轻，对之自觉清人肉”所叙，怎奈这内中乾坤翻涌，非是庸人之眼能辨识得清明。所以她又叹“诗穷纸满意不尽，阁笔无语愧才稀”。

再有《竹》。精简明了。“一径浓阴影覆墙，含烟敲雨暑天凉。猗猗肯羡夭桃艳，凛凛终同劲柏刚。风籁入时添细韵，月华临处送清光。凌冬不改青坚节，冒雪何伤色转苍。”竹在她心中亦是有象征的。比如节高风清，外秀内美，姿容潇洒，超凡脱俗。这是它的品质，亦是她自己所具备的。所以她又作《直竹》一诗。

劲直忠臣节，孤高烈女心。

四时同一色，霜雪不能侵。

这女子心里原来有大海，只是俗世生活将她磨损。她被阴郁的时间消磨得太多。从“供厨不虑食无钱”的官宦之家的闺秀生涯，到“分付萧郎万首诗”的少女粉嫩单纯的初恋，再到“良辰美景俱成恨”的所适非偶的婚姻生活。再经历“初为新妇强欢颜”却不得稳妥，“从宦东西不自由”的漂泊游离，“鸥鹭鸳鸯不相宜”的夫妻分居生活，“至死不渝续旧情”被曝光并摧伤。

她不得不去深刻地领悟自己命理当中的缺陷，那都是被先天带至这个尘世的。她大致已经在心底生出一些坏的念头。因她是如此的无能为力，是如此的疲惫不堪，是如此的憔悴不已。她端然凝着自己这一世。

“始知天意是无情。”

夜香消（浣溪沙）

玉体金钗一样娇，背灯初解绣裙腰。衾寒枕冷夜香销。

深院重关春寂寂，落花和雨夜迢迢。恨情和梦更无聊。

——《浣溪沙·春夜》

上

此词一说是唐朝诗人韩偓所作。

韩偓，唐代文人，字致尧，号玉山樵人，京兆万年人。相传他十岁即可吟诗作赋。龙纪元年（889年）始登进士第，先后任佐河中节度使幕府、左拾遗、左谏议大夫。后来因为忤触权臣朱温，被贬为濮州司马，但韩偓并未受命，他弃官南下。后来朝廷曾经两次诏命还朝复职，但韩偓都没有受命。留世一卷明汲古阁刻本《韩内翰别集》和《香奁集》有元刊三卷本和汲古阁一卷本。

韩偓诗作里被认为最有价值的是他的感时诗。它们几乎是以编年史的方式再现了唐王朝由衰而亡的图景。韩偓喜用近体尤其是七律的形式写时事，将纪事与述怀相结合，用典工切，沉郁顿挫。亦善于将感慨苍凉的意境寓于清丽芊绵的辞章，悲而能婉，柔中带刚。

但因他的作品“多写上层政治变乱，触及民生疾苦者较少。而艺术上缺乏杜甫沉雄阔大的笔力和李商隐精深微妙的构思，有时不免流于平浅纤弱”。我个人还是偏爱他的写景抒情诗，情意真切，素言素语当中内心如水的意念便逶迤而出。比如这首七律《惜花》。

皱白离情高处切，腻红愁态静中深。
眼随片片沿流去，恨满枝枝被雨淋。
总得苔遮犹慰意，若教泥污更伤心。
临轩一盏悲春酒，明日池塘是绿阴。

“皱白”“腻红”是指代一白一红两朵花，层次感十分鲜明。高墙上的白花形容将近枯萎，零落在即，离情切深。而低处的红粉光容尚新，却一样望穿了惨然结局，沉寂中愁态转深。韩偓不写落花写残花，却忧悒更甚。

沿着流水落花望出去，只恨新红嫩绿风雨里被摧打成败柳残花。一个男人幽柔至此怕是心中苦情无限。宁被青苔掩埋，也不甘被污泥浊染。而当下，他也只有临轩凭吊，借酒浇愁，遥想明日残红去尽，池塘里绿茵沉沉的清爽。

男人写花写得如此细微入神，总是要有原因，不比女子惜花慨叹，处处都可触到情意。所以，近人吴闿生说这首韩偓《惜花》暗寓“亡国之恨”，交织着诗人自己的身世怀抱，殆无可疑。不言花尽，却是心意自明，欲说还休。

纵然韩偓这首《惜花》细腻至此，但还是比不过女子天性里的皱腻流深。那深闺里情思细微之处的哀伤也不是一个男人可以拿捏得如此准确的。此一处，将这首《浣溪沙·春夜》沿着朱淑真的创作路数来读或许更加流畅一些。反复细读朱淑真的《断肠词》，析透到最后，情怀都是相似的，但就是这一种感情让朱淑真这一生都抑郁不明缱绻回转。

这个女子大半生的光阴都耗费在了方寸深闺的婉凉的独白里。对影自怜的事情周而复始地进行。写朱淑真的这漫长过程里，偶尔会生出类似于“哀其不幸，怒其不争”的情绪。但是这么想，并不是全对的。

彼时非此时，旧时女子福祸生死都系在了男人身上。朱淑真的幸不在他处，不幸却都是这个男人所给。但她到底始终向着自己内心那一条轨迹缓缓地走。她在等。等一个时机做彻底告别，告别那个男人以及他带给自己的悲哀。只是她等得久了些。

而这些孤独都是她必须要经历的事情。

毕竟是女子，她已经足够勇敢。我知道。

下

如这首《浣溪沙·春夜》，朱淑真在她的断肠词中重复地表达深闺寂寞的情绪。她的孤独是因所嫁非偶、随宦东西造成的。但这并不只意味着她与旧爱异地，她亦因此与亲人长久分离。于是，在这一处提及朱淑真与父母的感情是必要的。

读朱淑真的断肠词，读朱淑真怆悒的一生，会轻易地将这女子的爱情悲剧的责任归咎到她的父母身上，于是亦容易产生她与父母感情恶劣的联想。但这是错误的。事实是，朱淑真与父母的感情笃深。这在她的断肠诗里很容易找到线索。

朱淑真在大量的断肠诗里表达了自己出嫁之后对父母的思念，对故家的怀想，并且言辞恳切，令人感动。感情是不能掺假的。至于因“父母失审”酿就的这一段不幸婚姻，朱淑真双亲的初衷也绝不会是恶的。所谓“失审”也是一次意料之外的婚姻事故。但看过去却也仿佛是因缘注定的。

扁舟欲发意何如？回望乡关万里余。
谁识此情肠断处，白云遥处有亲庐。

朱淑真诗《舟行即事七首》第二首。小船即将离岸远去，她内心有一些无法言说具象的感受。她回头望去，故乡、旧家、老地方已经被遗失在万里之外。她是身心两异的。身在扁舟里，心在故园中。悠悠白云下，便是她那鬓上已霜华的父母双亲。大约是不会有人能懂得她此时心中的一些眷顾、怀念、伤感的。

她在这首诗的“白云遥处有亲庐”一句引了“白云亲舍”一典。相传，唐高宗和武则天时代的名臣狄仁杰年轻时曾在太原府做过法曹参军。他供职的地方距离住在河阳（今河南孟县）的父母十分遥远。

一日，狄仁杰站在太行山顶，向河阳方向眺望，见天边有云团拢聚，孤寂飘浮，景况苍凉。于是他触景生情，遥指浮云对人说：“我亲舍其下！”意思即是，我的父母正居于那浮云之下。“白云亲舍”“白云孤飞”这两个成语即出自此典故。

画舸寒江江上亭，行舟来去泛纵横。
无端添起思乡意，一字天涯归雁声。

这是朱淑真诗《舟行即事七首》里第三首。她丈夫宦游的行船来去频繁，时常都在游走的旅程当中。也因此，她的心绪时常不能安宁，上下忐忑，随之浮动。这一刻，见天边归雁一字排开，鸣声沉忧，竟又生出乡思情意。无碍，她本没有必要去按捺自己的敏感。感情已不能自在，心绪自然需要自如一些的。

满江流水万重波，未似幽怀别恨多。
目断新闱瞻不到，临风挥泪独悲歌。

诗《舟行即事七首》其四。她说，这满江流水的万重波涛似不及她一瞬的忧愁别恨多。她内心汹涌而起的波澜是猛烈的。故园父母是不能再望得见了，她如今唯能独迎江风、顾自吟歌，将内心的挂虑盛起来，对风当歌，挥泪作别。内心感伤无处安放。还有《舟行即事七首》诗的最后一首，即第七首。写得思亲怀土的情意亦是婉转阑珊。

岁节将残恼闷怀，庭闱献寿阻传杯。

此愁此恨人谁见，镇日柔肠自九回。

她随夫辗转至岁末，想起是时本应向父母献寿，却因客居异乡，孝心难置，各种思虑也唯有作罢。关山流水是决断，百暮千朝是阻隔，她内心无以为继的忧怆无人知晓，更是无处自在倾言。一句“镇日柔肠自九回”将自己内心对双亲的孝爱与念虑写得浓情、深刻、厚重。

虽不便，但这漫长的宦游在外的行途当中，朱淑真与父母依然偶有书信通联。只是它因少变得珍贵。寄出的与收到的，都已不只是单纯纸墨文字，内中所融解的感情是积淀在时间当中许多年的骨血相连。这感情是最天然、最原始、最挚切的，亦是深刻持久并且不被湮灭的。朱淑真有诗《寄大人二首》，即是她离家漂泊多年生涯当中寄与双亲的作品。

其一

去家千里外，飘泊若为心。
诗诵南陔句，琴歌陟岵音。
承颜故国远，举目白云深。
欲识归宁意，三年数岁阴。

其二

极目思乡国，千山更万津。
庭闱劳梦寐，道路压埃尘。
诗礼闻相远，琴樽谁是亲？
愁看罗袖上，长揾泪痕新。

第一首诗里引了“南陔”“陟岵”二典。它们都是《诗经》当中的篇名。《诗经·小雅·南陔序》云："《南陔》，孝子相戒以养也，有其义而亡其辞。"后引为子女侍养父母的意思。《诗经·魏风·陟岵序》云："陟岵，孝子行役，思念父母也。"

陟彼岵兮，瞻望父兮。父曰：
"嗟！予子行役，夙夜无已。上慎旃哉！犹来无止！"
陟彼屺兮，瞻望母兮。母曰：
"嗟！予季行役，夙夜无寐。上慎旃哉！犹来无弃！"
陟彼冈兮，瞻望兄兮。兄曰：
"嗟！予弟行役，夙夜必偕。上慎旃哉！犹来无死！"

"登临葱茏山冈上，远远把我爹爹望。似闻我爹对我说：'我的儿啊行役忙，早晚不停真紧张。可要当心身体呀，归来莫要留远方。'登临荒芜山冈上，远远把我妈妈望。似闻我妈对我道：'我的小儿行役忙，没日没夜睡不香。可要当心身体呀，归来莫要将娘忘。'登临那座山冈上，远远把我哥哥望。似闻我哥对我讲：'我的兄弟行役忙，白天黑夜一个样。可要当心身体呀，归来莫要死他乡。'"

漂泊的路途是注定孤寂蚀骨的。它本身就是无伴的。朱淑真不过在出发时预料的与遭遇的落差大了一些。她将希望寄予在那一个男人身上，本身就是一个错误。

锦思花情，敢被爨烟熏尽。

天涯近（生查子）

年年玉镜台，梅蕊宫妆困。
今岁未还家，怕见江南信。

酒从别后疏，泪向愁中尽。
遥想楚云深，人远天涯近。

——《生查子》

这首曾列宋金十大名曲第八位的《生查子》疑为李清照所作，但更多人倾向于是朱淑真所作。至于这阕词到底出自谁手，尚未有定论。不过这两名女子殊途同归，晚景凄凉，心致总有相思处。唯一的区别只是一个是寿终正寝，一个选择顾自了结。姑且不去管它，因无论出自谁手，都不妨碍我们透过这些字望那背后的深蕴与情致。

“年年玉镜台，梅蕊宫妆困。今岁未还家，怕见江南信。”她坐在梳妆台前等。空对玉镜，枉着梅妆，盼人不归。年复一年，她都在做着同样的事。这一年，她尚未回过娘家，内心思虑缱绻却又生怕见得不期而至的家书点燃心里那一点被伪装的脆弱与悲伤。

“酒从别后疏，泪向愁中尽。遥想楚云深，人远天涯近。”自从那一别，已是甚少饮酒。酒是穿肠毒药，泪是尽于愁里。这一刹，身心两异。他离她，这么远那么近。原来是姹紫嫣红，氤氲朦胧，如沐春风。分明是良辰美景，在我口中，一说成空。赏心乐事谁家院，朝飞暮卷，烟波画船。满园春色关不住，冥冥之中，却随去路中。

如此，光阴已折损几十载，所有的爱恨都已落定成无关风月的历史、遗迹、古物、尘埃。顶多便是充当了记忆当中的某一些分量。朱淑真这一生，好坏都已成定局。

到四十岁左右的时候，过往、将来，得、失，悲、喜，都需要来做一回定夺权衡，然后搁进心里，去独自圆融。于是，彼时她开始清逐内心，试图让自己变得风清月朗。

天街平贴净无尘，灯火春摇不夜城。
乍得好凉宜散步，朦胧新月弄疏明。

这首小诗名为《闲步》。整首诗清净欢悦。皇城的街道宽阔敞亮，并且干净。城中灯火亦是摇曳不止，夜若昼明，通城明亮利朗。而她恰巧拾得这一晚，于新凉的朦胧月华里，碎步徜徉。她看过去是清爽的，无念的。仿佛出尘不染，静悄地穿梭在这人世里。这一刻，她看过去是得道的，是智慧圆满的，但亦是稍纵即逝的。

她亦曾作下一首题为《清瘦》的诗。诗名新决。清瘦之花，清瘦之月，清瘦之日，清瘦之时，清瘦之人，清瘦之心。顾敻那一首《诉衷情》里亦是透露出那一种爱亦是清瘦的。以及贯穿《断肠集》始终的那一股的怨愁的气，都已是清的、瘦的。

下视红尘意眇然，翠阑十二出云颠。
纵眸愈觉心宽大，碧落无垠绕地圆。

这一首《月台》写得十分大气。她登上高高月台，俯视渺然红尘。市井热闹不过是云烟。富家子女身居雕楼飞阁，坐享荣华。但他们亦有旁人不能理解和体悟的苦楚。纵目远望，这穹空的深广博大总是容得下她这名小女子内心的那一点微小乾坤。心神驰骋，顿觉天高地广。碧落无垠绕地圆，心目豁然开朗。

清明玩赏正繁华，今日林梢落尽花。
人散酒阑春已去，一泓秋涨满池蛙。

在这首《清明游饮少湖庄》里，朱淑真再一次于微小事物阐释某一些时间里蕴藏的道理，试图接近生命的某一种本质。它应当是盛衰交替、荣枯更迭、生生不息、自由圆满的。正如春华秋实、夏炎冬寒，缘聚缘散、来去往返，亦是自有因果。

这一切，怕是只有朱淑真的心络里知悟得最痛彻最清明。大致那时候的朱淑真也是在痛到极处后兀然变得通透，将一条一条人情来往的线路条理在手心里看得清清楚楚。慢慢来路，惊起却回头。

黄昏后（生查子）

去年元夜时，花市灯如昼。
月上柳梢头，人约黄昏后。

今年元夜时，月与灯依旧。
不见去年人，泪湿春衫袖。

——《生查子·元夕》

上

有灯无月不娱人，有月无灯不算春。

春到人间人似玉，灯烧月下月如银。
满街珠翠游村女，沸地笙歌赛社神。
不展芳尊开口笑，如何消得此良辰。

这是唐伯虎所作的《元宵》，意境飒爽。元宵节本身就是光阴的欢愉礼赠，孟元老《东京梦华录》里说元宵节“灯山上彩，金碧相射，锦绣交辉”。理应言笑晏晏，比个婉转，比个悠扬。

元宵节是中国传统节日里备受重视的一日。它的到来意味着年的最后一个高潮，它的结束也意味着年就过完了。这一日，时光总因欢喜而盲。朱淑真亦作有《元夜》诗三首，以诉其内心欢然。

其一

阑月笼春霁色澄，深沉帘幕管弦清。
争豪竞侈连仙馆，坠翠遗珠满帝城。
一片笑声连鼓吹，六街灯火丽升平。
归来禁漏逾三四，窗上梅花瘦影横。

其二

压尘小雨润生寒，云影澄鲜月正圆。
十里绮罗春富贵，千门灯火夜婵娟。
香街宝马嘶琼辔，辇路轻舆响翠軿。
高挂危帘凝望处，分明星斗下晴天。

其三

火烛银花触目红，揭天鼓吹闹春风。
新欢入手愁忙里，旧事惊心忆梦中。
但愿暂成人缱绻，不妨常任月朦胧。
赏灯那得工夫醉，未必明年此会同。

前两首诗中的意味酣畅不阑珊，是喜庆的。只有第三首诗有一些静默处忆往昔的惆怅。但这惆怅不是悲切、绝望的，程度远没有如此严重。只是欢悦风光映照出的一点心意缱绻。是惆怅，是忧而不伤，亦美得哗然。

《云韶集·词坛丛话》曰："妇人能词者，代有其人，未有如易安之空绝前后者……朱淑真词，风致之佳，情词之妙，真可亚于易安。宋妇人能诗词者不少，易安为冠，次则朱淑真，次则魏夫人也。"这几首小诗里已可窥得一点她深沉的功力。

此处说的这一阕上乘之作《生查子·元夕》词曾被疑系欧阳修所作。但那一句"月上柳梢头，人约黄昏后"，总还是要让人想起朱淑真那一张清美又憔悴的脸。

去年元夜时，花市灯如昼。他们曾约在皎皎明月映照的那依依杨柳旁。花发春日，草薰南陌。他们软语浓浓，曲意情深。不着情字却情意担当得满了心怀。而这一年的元夕，月与灯依旧。

却不见了当年的郎。去年莺俦燕侣，对诉衷肠。今年孤身只影，徒忆前盟。

此时非彼时，她早已不曾有少女时"争驰逐，元宵三五，不如初六"

的风貌心姿。之前，只是一个深闺女子寂情难托的释放。之后，苦难的伤将成为生命里的一程，送葬另一程洁净如生命本源的始端。这一年的元宵与三十年前的，仿佛成了岁月里两道熠烈的光。它们见证了朱淑真这情消肠断的一生。

她此时已是一个将生命的本质与真相攥在手掌心里的成熟女性。她也早已明白颠沛流离的炼升与情来情往的虚妄。这一刻，她不过是在为这一生做一回悲苦的颂词。她对这一生的恩慈是此一刻的沉默不语。

朱淑真的不惑之年，苦难在这一刻的意义与之前的光阴迥然，得到提升。她在自己的内心感情驱使下的桑濮之行被曝露遭到夫家严厉苛刻的限制之后，曾请愿到一个叫作王道姑的寺庵暂住，跟随尼姑焚香燃竹诵佛念经。她开始皈依佛教，试图挣脱与尘俗喧嚣的纠葛牵染，并在寺庵的壁上留下一首《书王庵道姑壁》诗。

短短墙围小小亭，半檐疏玉响泠泠。
尘飞不到人长静，一篆炉烟两卷经。

但她命有大劫。她依然不能渡过内心执念的劫，并且最终生之意念被摧毁。她决定结束自己的生命，连同她的智慧所无法圆解的困惑和心魔。

朱淑真，这女子是可怜的。她对自己并没有太好。生命诚可贵，她断然地弃了它，以为如是便能获得绿山白云清净桃源。大约于宋孝宗淳熙七年（1180年），朱淑真投水而死。

时光太匆匆，转瞬即逝。他们都已逝去了风华，沧桑的沟壑成了生命里最壮观的地貌。泪是会淌的，却依然不单单只是为了不复有的你与光阴。那是在为自己，为生命里的残忍真相。她终究知道，人生如梦，梦无痕。如此寥寥。

下

下楼来，金钱卜落。问苍天，人在何方？
恨王孙，一直去了。詈冤家，言去难留。
悔当初，吾错失口。有上交，却无下交。
皂白何须有，分开不用刀。
从今莫把仇人靠，千言相思一撇消。

这是朱淑真留下的一首《断肠迷》。它让我想起那一首熟诵多年的苦情诗：

一别之后，二地相悬，只说是三四月，又谁知五六年，七弦琴无心弹，八行书无可传，九连环从中折断，十里长亭望眼欲穿，百思想，千系念，万般无奈把君怨。

在这册书将要结束的时候提到《断肠迷》是因为它是朱淑真留给这个消损不洁的人间最后的纪念。

到这一处，仿佛已经跟随着朱淑真来到浙江杭州的青芝坞。这是她葬下的地方。她将带给它一片祥和的纯洁。那是她用毕生的光阴与苦难兑换来的珍宝一样的灵魂里的清净气场。男女之间的情缘爱念，此刻仿佛一缕轻风被她握在手中。

她终于等来了这一刻。这一刻，她成了自己的宙斯，成了自己的耶和华，成了自己的释迦牟尼。她变成了一朵莲花。

横眉冷对，冷嘲热讽，都不足为惧。她毅然决定的事将永无任何可能再做更改。爱如此，不爱如此。聚如此，散亦如此。她用一生的爱之阙如回赠给了父母一次如同生命一般盛大庄重的仪式。只是来得更决绝，更真实，更惨烈。但是只有她自己知道，她这一刻，多富有，多满足，多幸福。

朱淑真的记忆在生命断裂之前发出光芒的，就是纵身入水的那一瞬间，她死死地抓住了存在过的无迹可寻的时间与生命的真相。

魏仲恭在《断肠集·序》里有记载："其死也，不能葬骨于地下，如青冢之可吊，并其诗为父母一火焚之。"

因朱淑真"忤逆"封建纲常，名声败坏，流言蜚语犹如投向人间冰冷纯白的毒，一步一步地腐蚀着她心底最后的一点光。最后，她在枯萎的潮浪之下一步步走向沉眠。朱淑真自溺身亡之后，家中亦不敢留下淑真那些"非良妇"之声的诗词作品，怕家族背上骂名。于是，朱淑真父母无奈之下将它们付之一炬，湮没了佳人的绝世才华。

最终，她践行了一次生命里悲壮又潇洒的折返。然此刻，这些都已不再重要。她亦已不记挂任何恼人的琐碎。她对父母也没有了芥蒂。她的生到此为止，再以后的所有都与之无关，包括她的葬。

没有人知道这一刻的朱淑真站在云端用高贵圣洁的姿态睥睨着这滚滚红尘浊乱人间的渺弱和不堪一击。不会有人知道这现世里的幸福或者苦难背后隐藏的真谛，除非他们得到与她同等的力，但这是渺茫的。没有人有勇气愿意用一生一世的爱去兑换一回生命本源的洁。没有人。

滔滔溪水东流去，芳魂淹没何之罪？

触目此景悲无限，摧人肠断心欲碎。

断肠集里断肠泪，苦涩之中苦涩味。

姻缘簿上姻缘错，鸳鸯难得鸳鸯配。

如此。你已不能说朱淑真的《断肠词》词心词义窄。她不是红拂女，少了一点侠骨之风。亦不是李清照，缺了一些决断之气。她只是一名心意如烟花灿然，内携咏絮之才的静定女子。她的一生，如同烟花焚城，灰烬无声。于是，她在完成了自己身为朱淑真的活之后遽然结束身为朱淑真的生。

这一刻，她与万事万物已经没有了关联。她在她的爱里遗世独立地趟过了这漫漫红尘。我知道，生命辗转，轮回一趟，她终将回归到菩提树下清净无尘的本原。

欢乐趣，离别苦，就中更有痴儿女。

问世间，情是何物，直教生死相许？

她在用另一种方式表达她的生命，用另一种方式完成了属于她自己的静满之美。她将对自己所经历过的一切，保持沉默。永久的，永久的沉默。

生是过客，跋涉虚无之境。

日光耀过，断肠人在天涯。

附录

断肠才女断肠词

一、朱淑真诗文

二、断肠词评话

三、《断肠集》全集

一、朱淑真诗文

璇玑图记 / 朱淑真

若兰名蕙，姓苏氏，陈留令道质季女也。年十六，归扶风窦滔。滔字连波，仕苻秦为安南将军，以若兰才色之美，甚敬爱之。

滔有宠姬赵阳台，善歌舞，若兰苦加捶楚，由是阳台积恨，谗毁交至，滔大恚愤。时诏滔留镇襄阳，若兰不愿偕行，竟挈阳台之任。若兰悔恨自伤，因织锦字为回文，五彩相宣，莹心眩目，名曰《璇玑图》，亘古以来，所未有也。乃命使赍至襄阳，感其妙绝，遂送阳台之关中，具舆从迎若兰于汉南，恩好逾初。其著文字五千余首，世久湮没，独是图犹存。唐则天尝序图首，今已鲁鱼莫辨矣。

初家君宦游浙西，好拾清玩，凡可人意者，虽重购不惜也。一日，家君宴郡倅衙，偶于壁间见是图，偿其值，得归遗予。

于是坐卧观究，因悟璇玑之理，试以经纬求之，文果流畅。盖璇玑者，天盘也；经纬者，星辰所行之道也；中留一眼者，天心也。极星不动，盖运转不离一度之中，所谓居其所而斡旋之。处中一方，太微垣也，乃叠字四言诗。其二方，紫垣也，乃四言回文。二方之外四正，乃五言回文。四维乃四言回文。三方之外四正，乃交首四言诗，其文则不回也。四维乃三言回文。三方之经以至外四经，皆七言回文诗，可周流而读者也。

绍定三年春二月望后三日，钱唐幽栖居士朱淑真书。

二、断肠词评话

明·吴从先《草堂诗余隽》引李攀龙语：

李清照《如梦令》，写出妇人声口，可与朱淑真并擅词华。

明·董榖《碧里杂存》：

自汉以下女子能诗文者，若唐山夫人、曹大家，立言垂训，词古学正，不可尚已。蔡文姬、李易安失节可议。薛涛倚门之流，又无足言。朱淑贞者，伤于悲怨，亦非良妇。窦滔之妇亦笃于情者耳。此外不多见矣。

明·陈继儒《太平清话》卷三：

孟淑卿，苏州人，训导澄之女。工诗，号荆山居士。尝论朱淑真诗，曰："作诗贵脱胎化质。僧诗无香火气乃佳，铅粉亦然。朱生故有俗病，李易安可与语耳。"

清·梁绍壬《两般秋雨庵随笔》卷三：

《漱玉》《断肠》二词，独有千古。而一以“桑榆晚景”一书致诮；一以“柳梢月上”一词贻讥。后人力辨易安无此事，淑真无此词，此不过为才人开脱。其实改嫁本非圣贤所禁；《生查子》一阕，亦未见定是淫奔之词。此与欧公簸钱一事，今古哓哓辩论，殊可不必。

清·陈廷焯《白雨斋词话》卷二：

朱淑真词，才力不逮易安，然规模唐五代，不失分寸。如“年年玉镜台”及“春已半”等篇，殊不让和凝、李珣辈。惟骨韵不高，可称小品。

清·陈廷焯《白雨斋词话》卷五：

闺秀工为词者，前有李易安，后则徐湘苹。明末叶小鸾较胜于朱淑真，可为李、徐之亚。

清·陈廷焯《词坛丛话》：

朱淑真词，风致之佳，情词之妙，真可亚于易安。宋妇人能诗词者不少，易安为冠，次则朱淑真，次则魏夫人也。

清·况周颐《蕙风词话》卷四：

朱淑真词，自来选家列之南宋，谓是文公侄女，或且以为元人。其误甚矣。淑真与曾布妻魏氏为词友。曾布贵盛，丁元佑以后，崇宁以前，大观元年卒。淑真为布妻之友，则是北宋人无疑。李易安时代犹稍后于淑真。即以词格论，淑真清空婉约，纯乎北宋。易安笔情近浓至，意境较沈博，下开南宋风气。非所诣不相若，则时会为之也。《池北偶谈》谓淑真《璇玑图记》，作于绍定三年。绍定当是绍圣之误，绍定理宗改元，已近南宋末季。浙地隶辇毂久矣。记云："家君宦游浙西。"临安亦浙西，讵容有此称耶？

清·胡薇元《岁寒居词话》：

又海宁朱淑真乃文公族侄女。有《断肠词》，亦清婉。作传乃因误入欧阳永叔《生查子》一首"月上柳梢头，人约黄昏后"云云，遂诬以桑濮之行，指为白璧微瑕。此词今尚《六一集》中，奈何以冤淑真？宋两女才子，著作所传，乃均造谤以诬之，遂为千载口实，而心地欹斜者则不信辩白只据，喜闻污蔑之言，尤不知是何心肝矣。

清·纪昀《钦定四库全书简明目录·断肠集》：

淑真所适非偶，故多幽怨之音。旧与《漱玉词》合刊，虽未能与清照齐驱，要亦无愧于作者。此本由掇拾而成，其《元夕·生查子》一首，本欧阳修作，在《庐陵集》一百三十一卷中。编录者妄行采入，世遂以淑真为泆，误莫甚矣。

三、《断肠集》全集

根据上海古籍出版社 1986 年版《朱淑真集》和中华书局 2008 年版《朱淑真集注》辑校

目　录

断肠诗集

前集

卷六（秋景）

卷七（冬景）

卷八（吟赏）

卷九（闺怨）

卷十（杂题）

后集

卷一（春景）

卷二（夏景）

卷三（秋景）

卷四（冬景）

卷五（花木）

卷六（杂题）

卷七

卷八（杂咏）

卷九（补遗）

卷十（辑佚）

断肠词集

断肠诗集

前　　集

卷一（春景）

立春前一日

梅花枝上雪初融，一夜高风激转东。
芳草池塘冰未薄，柳条如线著春工。

立春古律

停杯不饮待春来，和气先春动六街。
生菜乍挑宜卷饼，罗幡旋剪称联钗。
休论残腊千重恨，管入新年百事谐。
从此对花并对景，尽拘风月入诗怀。

又绝句二首

其一

自折梅花插鬓端，韭黄兰茁簇春盘。
泼醅酒软浑无力，作恶东风特地寒。

其二

喜胜春幡袅凤钗，新春不换旧情怀。
草根隐绿冰痕满，柳眼藏娇雪影埋。

春霁

淡薄轻寒雨后天，柳丝无力带朝烟。
弄晴莺舌于中巧，着雨花枝分外妍。
消破旧愁凭酒盏，去除新恨赖诗篇。
年年来到梨花月，瘦不胜衣怯杜鹃。

新春

楼台影里荡春风，协气融怡物物同。
草色乍翻新样绿，花容不减旧时红。
莺唇小巧轻烟里，蝶翅轻便细雨中。
聊把新诗记风景，休嗟万事转头空。

晴和

海堂深院雨初收，苔径无风蝶自由。
百结丁香夸美丽，三眠杨柳弄轻柔。
小桃酒腻红尤浅，芳草寒余绿渐稠。
寂寂珠帘归燕未，子规啼处一春愁。

春阴古律二首

其一

薄云笼日弄轻阴，试与诗工略话春。
蠢蠢绿杨初学线，茸茸碧草渐成茵。
园林深寂撩私恨，山水昏明恼暗颦。
芳意被他寒约住，天应知有惜花人。

其二

陡觉湘裙剩带围，情怀常是被春欺。
半檐落日飞花后，一阵轻寒微雨时。
幽谷想应莺出晚，旧巢却怪燕归迟。
间关几许伤怀处，悒悒柔情不自持。

又绝句

杨花搅乱少年心，怕雨愁风用意深。
付与酒杯浑不管，从教天气作春阴。

问春古律

春到休论旧日情，风光还是一番新。
莺花有恨偏供我，桃李无言只恼人。
粉泪洗干清瘦面，带围宽尽小腰身。
东君负我春三月，我负东君三月春。

诉春

十二栏干锁画楼，春风吹损上帘钩。
花心柳眼从教放，蝶意蜂情一任休。
婂滞酒杯消旧恨，禁持诗句遣新愁。
东君若也怜孤独，莫使韶光便似秋。

伤春

阁泪抛诗卷，无聊酒独亲。
客情方惜别，心事已伤春。
柳暗轻笼日，花飞半掩尘。
莺声惊蝶梦，唤起旧愁新。

春日感怀

寂寂多愁客，伤春二月中。
惜花嫌夜雨，多病怯东风。
不奈莺声碎，那堪蝶梦空。
海棠方睡足，帘影日融融。

中春书事

乍暖还寒二月天，酿红酝绿斗新鲜。
日烘春色成和气，风弄花香作瑞烟。
莺舌似簧初学语，柳条如线未飞绵。
金杯满酌黄封酒，欲劝东君莫放权。

又绝句

乳燕调雏出画檐，游蜂喧翅入珠帘。
日长无事人慵困，金鸭香销懒更添。

春半

拭目凭栏久，柔风拂面吹。
莺花争妩媚，诗酒斗清奇。
已近清明节，初过上巳时。
莫萦寻俗事，随意乐春熙。

春日即事

轻寒噤瘁花期晚，皱绿差鳞接远波。
跃藻白鱼翻玉尺，穿林黄鸟度金梭。
闲将诗草临轩读，静听渔船隔岸歌。
尽日倚窗情脉脉，眼前无事奈春何。

春词二首

其一

屋嗔柳叶噪春鸦，帘幕风轻燕翅斜。
芳草池塘初梦断，海棠庭院正愁加。
几声娇巧黄鹂舌，数朵柔纤小杏花。
独倚妆窗梳洗倦，只惭辜负好年华。

其二

屈指清明数日期，纷纷红紫竞芳菲。
池塘水暖鹣鹣并，巷陌风轻燕燕飞。
柳带万条笼淑景，游丝千尺网晴晖。
人间何处无春色，只是西楼人未归。

春色有怀

客里逢春想恨浓，故园花木梦魂同。
连堤绿荫晴烟里，映水红摇薄雾中。

约游春不去二首

其一

邻姬约我踏青游，强拂愁眉下小楼。
去户欲行还自省，也知憔悴见人羞。

其二

少年意思懒能酬，爱好心情一向休。
若到旧家游冶处，只应满眼是春愁。

喜晴

鹁鸠声歇已开晴，柳眼窥春浅放青。
楼上卷帘凝目处，远山如画展帏屏。

卷二（春景）

春日杂书十首

其一

春来春去几经过，不似今年恨最多。
寂寂海棠枝上月，照人清夜欲如何？

其二

柳丝拂拂弄东风，日色春容一样同。
嫩草破烟开秀绿，小桃和露拆香红。

其三

松松丽日约余寒，春向梅边柳上添。
蜂蝶自知新得意，展须忙翅入层帘。

其四

柳垂新绿腻烟光，紫燕惺松语画梁。
午睡忽惊鸡唱罢，日移花影上窗香。

其五

卷帘月挂一钩斜，愁到黄昏转更加。
独坐小窗无伴侣，凝情羞对海棠花。

其六

斗草寻花正及时，不为容易见芳菲。
谁能更觑闲针线，且殢春光伴酒卮。

其七

月筛窗幌好风生，病眼伤春泪欲倾。
写字弹琴无意绪，踏青挑菜没心情。

其八

一年好处清明近，已觉春光太半休。
点检芳菲多少在，翠深红浅已关愁。

其九

蒙蒙细雨湿香尘，似欲藏鸦柳色新。
斗草工夫浑忘却，只凭诗酒破除春。

其十

自入春来日日愁，惜花翻作为花羞。
呢喃飞过双双燕，嗔我帘垂不上钩。

晚春会东园

红叠苔痕绿满枝，举杯和泪送春归。
鸽鹏有意留残景，杜宇无情恋晚晖。
蝶趁落花盘地舞，燕随狂絮入帘飞。
醉中曾记题诗处，临水人家半敞扉。

晚春有感

却扇羞花春已空，扫红吹白任颠风。
断肠芳草连天碧，春不归来梦不通。

暮春三首

其一

才过清明春意残，落花飞絮便相关。
衔泥燕子时来去，酿蜜蜂儿自往还。
风静窗前榆叶闹，雨余墙角藓苔斑。
绿槐高柳浓阴合，深院人眠白昼闲。

其二

碧沼荷钱小叶圆，眼前芍药恣连颠。

清明已过三春候，谷雨初晴四月天。
乍着薄罗偏觉瘦，懒匀铅粉只宜眠。
情知废事因诗句，气习难除笔砚缘。

其三

举杯无语送春归，分付东风欲去时。
燕子楼台人寂寂，杨花庭院日熙熙。
枝头添翠莺先觉，叶底销红蝶未知。
诗卷酒杯新废却，闲愁消遣殢他谁？

恨春五首

其一

樱桃初荐杏梅酸，槐嫩风高麦秀寒。
惆怅东君太情薄，挽留时暂也应难。

其二

一瞬芳菲尔许时，苦无佳句纪相思。
春光正好须风雨，恩爱方深奈别离。
泪眼谢他花缴抱，愁怀惟赖酒扶持。
莺莺燕燕休相笑，试与单栖各自知。

其三

病酒厌厌日正高，一声啼鸟在花梢。

惊回好梦方萌蕊，唤起新愁却破苞。
暗把后期随处记，闲将清恨倩诗嘲。
从今始信恩成怨，且与莺花作谈交。

其四

迟迟花日上帘钩，尽日无人独倚楼。
蝶使蜂媒传客恨，莺梭柳线织春愁。
碧云信断惟劳梦，红叶成诗想到秋。
几许别离多少泪，不堪重省不堪流。

其五

一篆烟消系臂香，闲看书册就牙床。
莺声冉冉来深院，柳色阴阴暗画墙。
眼底落红千万点，脸边新泪两三行。
梨花细雨黄昏后，不是愁人也断肠。

春归五首

其一

片片飞花弄晚晖，杜鹃啼血诉春归。
凭谁碍断春归路，更且留连伴翠微。

其二

满地落花初过雨，一声啼鸟已春归。

午窗梦觉情怀恶，风絮欺人故着衣。

其三

狼藉花因昨夜风，春归了不见行踪。
孤吟茕坐清如水，忆得轻离十二峰。

其四

一点芳心冷若灰，寂无梦想惹尘埃。
东君总领莺花去，浪蝶狂蜂不自来。

其五

平畴交绿蔼成阴，梅豆初肥酒味新。
门外好禽情分熟，不知春去尚啼春。

惜春

连理枝头花也开，妒花风雨苦相催。
愿教青帝长为主，莫遣纷纷落翠苔。

春睡

午窗春睡足，推枕起来时。
瘦怯罗衣裉，慵妆鬓影垂。
旧愁消不尽，新恨忽相随。
有蝶传魂梦，无鸿寄别离。

卷三（春景）

春日闲坐

社燕归来春正浓，摧花雨倩一番风。
倚楼闲省经由处，月馆云藏望眼中。

春夜

半檐斜月人归后，一枕清风梦破时。
无奈梨花春寂寂，杜鹃声里只颦眉。

春宵

梦回酒醒春愁怯，宝鸭烟销香未歇。
薄衾无奈五更寒，杜鹃叫落西楼月。

元夜三首

其一

阑月笼春霁色澄，深沉帘幕管弦清。
争豪竞侈连仙馆，坠翠遗珠满帝城。
一片笑声连鼓吹，六街灯火丽升平。
归来禁漏逾三四，窗上梅花瘦影横。

其二

压尘小雨润生寒，云影澄鲜月正圆。
十里绮罗春富贵，千门灯火夜婵娟。
香街宝马嘶琼辔，辇路轻舆响翠軿。
高挂危帘凝望处，分明星斗下晴天。

其三

火烛银花触目红，揭天鼓吹闹春风。
新欢入手愁忙里，旧事惊心忆梦中。
但愿暂成人缱绻，不妨常任月朦胧。
赏灯那得工夫醉，未必明年此会同。

元夜遇雨

烟火笙歌是处休，沉沉春雨暗皇州。
危楼十二阑杆曲，一曲阑杆一曲愁。

雨中写怀

东风吹雨苦生寒，悭涩春光不放宽。
万紫千红浑未见，闲愁先占许多般。

夜雨二首

其一

抱影无眠坐夜阑，窗风战雨下琅玕。
我将好况供陪梦，只恐灯花不耐寒。

其二

明朝春在雨中看，心碎檐声点滴间。
纵有酒能消熟恨，宁无花解怨生寒。

膏雨

添得垂杨色更浓，飞烟卷雾弄轻风。
展匀芳草茸茸绿，湿透妖桃薄薄红。
润物有情如着意，催花无语自施工。
一犁膏脉分春垄，只慰农桑望眼中。

阻雨

几度寻芳已不成，又还寂寞过清明。
悭风涩雨颠迷甚，十日春无一日晴。

清昼

竹摇清影罩幽窗，两两时禽噪夕阳。
谢却海棠飞尽絮，困人天气日初长。

惜花

生情赋得春心性，剩选名花绕砌栽。
客到且堪供客眼，诗悭聊可助诗才。
低丛高架随宜有，浅紫深红次第开。
便做即今风雨限，要看香艳绣苍苔。

看花

欲向花边遣旧愁，对花无语只成羞。
春光纵好须归去，谁伴幽人着意留。

移花

自移红药绕栏栽，粉腻香娇逐旋开。
且与幽人充近侍，莫教风雨苦相催。

小桃叶去偶生数花

庭外缃桃一萼红，多情特地振春风。
仙源已露真消息，迥作新花发旧丛。

窗西桃花盛开

尽是刘郎手自栽，刘郎去后几番开。
东君有意能相顾，蛱蝶无情更不来。

杏花

浅注胭脂剪绛绡，独将妖艳冠花曹。
春心自得东君意，远胜玄都观里桃。

梨花

朝来带雨一枝春，薄薄香罗蹙蕊匀。
冷艳未饶梅共色，靓妆长与月为邻。
许同蝶梦还如蝶，似替人愁却笑人。
须到年年寒食夜，情怀为你倍伤神。

海棠

胭脂为脸玉为肌，未赴春风二月期。
曾比温泉妃子睡，不吟西蜀杜陵诗。
桃羞艳冶愁回首，柳妒妖娆只皱眉。
燕子欲归寒食近，黄昏庭院雨丝丝。

荼蘼

花神未怯春归去，故遣仙姿殿后芳。
白玉体轻蟾魄莹，素纱囊薄麝脐香。

梦思洛浦婵娟态，愁记瑶台淡净妆。
勾引诗情清绝处，一枝和雨在东墙。

偶得牡丹数本移植窗外将有着花意二首

其一

王种元从上苑分，拥培围护怕因循。
快晴快雨随人意，正为墙阴作好春。

其二

香玉封春未啄花，露根烘晓见红霞。
自非水月观音样，不称维摩居士家。

瑞香

玲珑巧蹙紫罗囊，今得东君著意妆。
带露欲开宜晓日，临风微困怯春霜。
发挥名字来雕辇，弹压芳菲入醉乡。
最是午窗初睡省，重重赢得梦魂香。

柳

万缕千丝织暖风，绊烟留雾市桥东。
砌成幽恨斜阳里，供断闲愁细雨中。

卷四（夏景）

初夏二首

其一

枝上浑无一点春，半随流水半随尘。
柔桑欲椹吴蚕老，稚笋成竿彩凤驯。
荷嫩爱风欹盖翠，榴花宜日皱裙新。
待封一篚伤心泪，寄与南楼薄幸人。

其二

冰蚕欲茧二桑阴，粉箨雕风曲径深。
长日渐成微暑意，喜看楼影浸波心。

日永

雨过横塘蛙吹闹，日融芳圃蜜脾香。
一痕心事难消遣，双鹊飞鸣过短墙。

端午

纵有灵符共彩丝，心情不似旧家时。
榴花照眼能牵恨，强切菖蒲泛酒卮。

苦热闻田夫语有感

日轮推火烧长空，正是六月三伏中。
旱云万叠赤不雨，地裂河枯尘起风。
农忧田亩死禾黍，车水救田无暂处。
日长饥渴喉咙焦，汗血勤劳谁与语？
播插耕耘功已足，尚愁秋晚无成熟。
云霓不至空自忙，恨不抬头向天哭。
寄语豪家轻薄儿，纶巾羽扇将何为！
田中青稻半黄槁，安坐高堂知不知？

纳凉桂堂二首

其一

微凉待月画楼西，风递荷香拂面吹。
先自桂堂无暑气，那堪人唱雪堂词。

其二

清香满座瓜分玉，明月澄空酒漾金。
不是夜凉难就醉，一帘秋色竹森森。

梅蒸滋甚因怀湖上二首

其一

东风作雨浅寒生，梅子传黄未肯晴。
戢戢簦龙头角就，温云缭绕变江城。

其二

云暗湖光雨四垂，珠玑万斛撒琉璃。
紫苔阶面寒声急，有甚心情更赋诗？

纳凉即事

旋折莲蓬破绿瓜，酒杯收起点新茶。
飞蝇不到冰壶净，时有凉风入齿牙。

夏雨生凉三首

其一

烈日如焚正蕴隆，黑云载雨泻长空。
搜龙霹雳一声歇，庭竹潇潇来好风。

其二

崒嵂金蛇殷殷雷，过雷斑驳渐晴开。
雨催凉意诗催雨，当尽新篘玉友醅。

其三

眼界清无俗事来，要凉更着好诗催。
凉生还又撩幽恨，留取孤樽对月开。

雨过

幽篁脱箨绿参差，雨过微风拂面宜。
浴罢晚妆慵不御，却亲笔砚赋新诗。

喜雨

赤日炎炎烧八荒，田中无雨苗半黄。
天工不放老龙懒，赤电驱雷云四方。
琼瑰万斛写碧落，陂塘池沼皆泱泱。
高田低田尽沾泽，农喜禾无枯槁伤。
我皇圣德布寰宇，六月青天降甘雨。
四海咸蒙滂沛恩，九州尽解焦熬苦。
倾盆势歇尘点无，衣袂生凉罢挥羽。
江上数峰天外青，眼界增明快心腑。
炎热一洗无留迹，顿觉好风生两腋。
纱厨湘簟爽气新，沉李削瓜浮玉液。
傍池占得秋意多，尚余珠点缀圆荷。
楼头月上云散尽，远水连天天接波。

夏夜

花底杯倾滟滟金，月边风细竹阴阴。

故人清远更真绝，消尽烦襟爽气深。

新荷

平波浮动洛妃钿，翠色娇圆小更鲜。
荡漾湖光三十顷，未知叶底是谁莲？

青莲花

净土移根体性殊，笑他红白费工夫。
幽姿羞损婵娟女，异色孤芳潋滟湖。
顾影有情欺水荇，向人无语鄙风蒲。
一枝摇动清香远，几许诗笺与画图。

水栀子

一痕春寄小峰峦，薝卜香清水影寒。
玉质自然无暑意，更宜移就月中看。

羞燕

停针无语泪盈眸，不但伤春夏亦愁。
花外飞来双燕子，一番飞过一番羞。

卷五（秋景）

早秋

一痕雨过湿秋光，纨扇初抛自有凉。
雾影乍随山影薄，蛩声偏接漏声长。

秋日登楼

梧影萧疏弄晚晴，残蝉凄楚不堪听。
楼高望极秋山去，溢眼重重叠叠青。

秋夜杂书二首

其一

雨过凉生枕簟秋，楼头新月挂银钩。
且无挥扇劳纤手，恰好添香伴酒瓯。

其二

窗外蛩吟解说秋，迢迢清夜忆前游。
月华飞过西楼上，添得离人一段愁。

秋夜二首

其一

夜久无眠秋气清，烛花频剪欲三更。
铺床凉满梧桐月，月在梧桐缺处明。

其二

凉天如水夜澄鲜，桂子风清懒去眠。
多谢嫦娥知我意，中秋未到月先圆。

秋夜闻雨三首

其一

似箭撩风穿帐幕，如倾凉雨咽更筹。
冷怀倚枕人无寐，铁石肝肠也泪流。

其二

竹窗萧索镇如秋，雨滴檐花夜不休。
独宿广寒多少恨，一时分付我心头。

其三

似篾身材无事瘦，如丝肠肚怎禁愁。
鸣窗更听芭蕉雨，一叶中藏万斛愁。

秋夜有感

哭损双眸断尽肠，怕黄昏后到昏黄。
更堪细雨新秋夜，一点残灯伴夜长。

中夜

冯夷捧出一轮月，河伯吹开万里云。
寥廓无尘河汉远，水光天影接清芬。

月夜

灯花鹊喜两无凭，那更清宵梦不成。
月上楼头天似洗，愁人别是一般情。

长宵

月转西窗斗帐深，灯昏香烬拥寒衾。
魂飞何处临风笛，肠断谁家捣夜砧？

对景漫成

半窗残照一帘风，小小池亭竹径通。
枫叶醉红秋色里，两三行雁夕阳中。

七夕

拜月亭前梧叶稀，穿针楼上觉秋迟。
天孙正好贪欢笑，那得工夫赐巧丝。

中秋

秋来长是病，不易到中秋。
欲赏今宵夜，须登昨夜楼。
露浓梧影淡，风细桂香浮。
莫做寻常看，嫦娥亦解愁。

中秋值雨

积叶冷翻阶，痴云暗海涯。
楼高劳望眼，天暝隔吟怀。
宛转愁难遣，团圆事未谐。
四檐飞急雨，寂寂坐空斋。

独坐

卷帘待明月，拂槛对西风。
夜气涵秋色，瑶河浸碧空。
草根鸣蟋蟀，天外叫冥鸿。
几许旧时事，今宵谁与同？

闷怀二首

其一

黄昏院落雨潇潇，独对孤灯恨气高。
针线懒拈肠自断，梧桐叶叶剪风刀。

其二

秋雨沉沉滴夜长，梦难成处转凄凉。
芭蕉叶上梧桐里，点点声声有断肠。

湖上闲望二首

其一

照水芙蓉入眼明，败荷枯苇闹秋声。
疏云不雨阴长定，唤起诗怀酒兴清。

其二

薄云疏日弄阴晴，山秀湖平眼界清。
不必西风吹叶下，愁人满耳是秋声。

中秋闻笛

谁家横笛弄轻清，唤起离人枕上情。
自是断肠听不得，非干吹出断肠声。

卷六（秋景）

九日

去年九日愁何限，重上心来益断肠。
秋色夕阳俱淡薄，泪痕离思共凄凉。
征鸿有阵全无信，黄菊无情却有香。
自觉近来清瘦了，懒将鸾镜照容光。

寓怀二首

其一

淡月疏云九月天，醉霜危叶坠江寒。
孤窗镇日无聊赖，编辑诗词改抹看。

其二

菊有黄花篱槛边，怨鸿声重下寒天。
偏宜小阁幽窗下，独自烧香独自眠。

秋日述怀

妇人虽软眼，泪不等闲流。
我因无好况，挥断五湖秋。

秋日偶成

初合双鬟学画眉，未知心事属他谁？
待将满抱中秋月，分付萧郎万首诗。

秋日晚望

烟浓难认别州山，仿佛鸥群浴远滩。
一点客帆摇动处，排云红日弄光寒。

秋夜牵情六首

其一

纤纤新月挂黄昏，人在幽闺欲断魂。
笺素拆封还又改，酒杯慵举却重温。
灯花占断烧心事，罗袖长供挹泪痕。
益悔风流多不足，须知恩爱是愁根。

其二

檐外秋清绣绮窗，菊烟月露冷浮香。
寒更二十五声点，相应愁情尔许长。

其三

闲闷闲愁百病生，有情终不似无情。
风流意思镌磨尽，离别肝肠铸写成。

其四

弹压西风擅众芳，十分秋色为君忙。
一枝淡贮书窗下，人与花心各自香。

其五

酷爱清香折一枝，故簪香髻蓦思维。
若教水月浮清浅，消得林逋两句诗。

其六

月待圆时花正好，花将残后月还亏。
须知天上人间物，同禀秋清在一时。

堂下岩桂秋晚未开作诗促之

着意栽诗特地催，花须着意听新诗。
清香未吐黄金粟，嫩蕊犹藏碧玉枝。
不是地寒偏放晚，定知花好故开迟。
也宜急趁无风雨，莫待霜高露结时。

白菊

回旋秋色泻清露，凌厉西风洁嫩霜。

莫作东篱等闲看，清新曾结广寒香。

卷七（冬景）

冬日梅窗书事四首

其一

明窗莹几净无尘，月映幽窗夜色新。
惟有梅花无限意，射人又放一枝春。

其二

爱日烘檐暖似春，梅花描摸雪精神。
清香未寄江南梦，偏恼幽闲独睡人。

其三

病起眼前俱不喜，可人唯有一枝梅。
未容明月横疏影，且得清香寄酒杯。

其四

的皪江梅浅浅春，小窗相对自清新。
幽香特地成牵役，不似梨花入梦频。

二色梅

缀雪融酥各自芳，两般颜色一般香。
瑶池会罢朝元客，缟素仙裳间道装。

山脚有梅一株地差背阴冬深初结蕊作绝句寄之

溪桥野店梅都绽，此地冬深尚未寒。
寄语梅花且宁奈，枝头无雪不堪看。

雪夜对月赋诗

一树梅花雪月间，梅清月皎雪光寒。
看来表里俱清彻，酌酒吟诗兴尽宽。

欲雪

寒雀无声满竹篱，冻云四暮雪将垂。
北风不看人情面，控勒梅花不放枝。

雪二首

其一

一夜青山换玉尖，了无尘翳半痕兼。
寒鸦打食围沙渚，冻雀藏身宿画檐。
野外易寻东郭履，月中难认塞翁髯。
梅花恣逞春情性，不管风姨号令严。

其二

谁剪飞花六出尖，素娥肌肉莹相兼。
分明幻玉迷青嶂，轻薄随风入画檐。
冻笔想停诗客手，寒蓑宜拥钓翁髯。
长安陋巷多贫士，可见鹑衣透胆严。

雪晴

饥禽高噪日三竿，积雪回风堕指寒。
秀色暗添梅富裕，绿梢明报竹平安。
冷侵翠袖诗肩耸，春入红炉酒量宽。
帘外有山千万叠，醉眸浑作怒涛看。

围炉

圜坐红炉唱小词，旋篘新酒赏新诗。
大家莫惜今宵醉，一别参差又几时。

除日

爆竹声中腊已残，酴酥酒暖烛花寒。
朦胧晓色笼春色，便觉风光不一般。

除夜

穷冬欲去尚徘徊，独坐频斟守岁杯。
一夜腊寒随漏尽，十分春色破朝来。
桃符自写新翻句，玉律谁吹定等灰。
且是作诗人未老，换年添岁莫相催。

卷八（吟赏）

湖上小集

门前春水碧于天，座上诗人逸似仙。
白璧一双无玷缺，吹箫归去又无缘。

下湖即事

晴波碧漾浸春空，邃馆清寒柳曳风。
隔岸谁家修竹外，杏花斜袅一枝红。

西楼寄情

静看飞蝇触晓窗，宿酲未醒倦梳妆。
强调朱粉西楼上，愁里春山画不长。

书窗即事二首

其一

花落春无语，春归鸟自啼。
多情是蜂蝶，飞过粉墙西。

其二

一阵挫花雨，高低飞落红。
榆钱空万叠，买不住春风。

夜留依绿亭二首

其一

水鸟栖烟夜不喧，风传宫漏到湖边。
三更好月十分魄，万里无云一样天。

其二

两换新凉秋兴浓，流萤明灭绿杨中。
庭虚池印一方月，楼静檐披四面风。

闲步

天街平贴净无尘，灯火春摇不夜城。
乍得好凉宜散步，朦胧新月弄疏明。

闻鹊

墙头花外说新晴，拨去闲愁着耳听。
青鸟已承云信息，预先来报两三声。

试墨

翠楼高压浙山头，海角湖光豁醉眸。
万景入帘吹不卷，一般心做百般愁。

灯花

兰釭和气散氤氲，忽作元珠吐穗新。
膏脉破芽非藉手，敷芳成艳不关春。
疑猜海角天涯事，搅乱衾寒枕冷人。
我欲生怜心焰上，何妨好客致清贫。

书王庵道姑壁

短短墙围小小亭，半檐疏玉响泠泠。
尘飞不到人长静，一篆炉烟两卷经。

东马塍

一塍芳草碧芊芊，活水穿花暗护田。
蚕事正忙农事急，不知春色为谁妍？

墨梅

若个龙眠手，能传处士诗。

借他窗上影，写作雪中枝。

顷刻回春色，轻盈动玉卮。

不能殷七七，横笛月中吹。

卷九（闺怨）

伤别二首

其一

览镜惊容却自嫌，逢春长尽病恹恹。
吹花弄粉新来懒，惹恨供愁旧日添。
生怕子规声到耳，苦羞双燕影穿帘。
眉头眼底无他事，须信离情一味酽。

其二

双燕呢喃语画梁，劝人休恁苦思量。
逢春触处须萦恨，对景无时不断肠。
寒食梨花新月夜，黄昏杨柳旧风光。
繁华种种成愁恨，最是西楼近夕阳。

诉愁

苦没心情只爱眠，梦魂还又到愁边。
旧家庭院春长锁，今夜楼台月正圆。
凤带空垂云锦帐，兽炉闲爇水沉烟。
良辰美景俱成恨，莫问新年与旧年。

愁怀二首

其一

鸥鹭鸳鸯作一池，须知羽翼不相宜。
东君不与花为主，何似休生连理枝。

其二

满眼春光色色新，花红柳绿总关情。
欲将郁结心头事，付与黄鹂叫几声。

旧愁二首

其一

银屏屈曲障春风，独抱寒衾睡正浓。
啼鸟一声惊梦破，乱愁依旧锁眉峰。

其二

花影重重叠绮窗，篆烟飞上枕屏香。

无情莺舌惊春梦，唤起愁人对夕阳。

供愁

寂寂疏帘挂玉楼，楼头新月曲如钩。
不须问我情深浅，钩动长天远水愁。

恨别

调朱弄粉总无心，瘦觉宽余缠臂金。
别后大拚憔悴损，思情未抵此情深。

寄恨

如毛细雨蔼遥空，偏与花枝著意红。
人自多愁春自好，天应不语闷应同。
吟笺谩有千篇苦，心事全无一点通。
窗外数声新百舌，唤回杨柳正眠中。

寄情

欲寄相思满纸愁，鱼沉雁杳又还休。
分明此去无多地，如在天涯无尽头。

无寐二首

其一

吹彻云箫夜未赊，梨花带月映窗纱。

休将姓氏思量遍，潋滟新愁乱似麻。

其二

背弹珠泪暗伤神，挑尽寒灯睡不成。

卸却凤钗寻睡去，上床开眼到天明。

酒醒

梦回酒醒嚼盂冰，侍女贪眠唤不应。

瘦瘠江梅知我意，隔窗和月谩腾腾。

睡起二首

其一

起来不喜匀红粉，强把菱花照病容。

腰瘦故知闲事恼，泪多只为别情浓。

其二

懒对妆台拂黛眉，任他双鬓向烟垂。

侍儿全不知人意，犹把梅花插一枝。

清瘦

春花秋月若浮沤，怎得心如不系舟。

肌骨大都无一把，可怜禁驾许多愁。

闷书

泪粉匀开满镜愁，麝煤拂断远山秋。

一痕心寄银屏上，不见人来竹叶舟。

卷十（杂题）

幼年闻说有一人鬻文于京师辟雍之前，多士遂令作一绝句，以《掬水月在手》为题。客不思而书云："无事江头弄碧波，分明掌上见姮娥。"诸公遂止之，献金以赒其行。予喜此二句，恨不见全篇，因暇，谩吟续之。然翰墨文章之能，非妇人女子之事，性之所好，情之所钟，不觉自鸣尔。并成《弄花香满衣》一绝于后。

掬水月在手

无事江头弄碧波，分明掌上见嫦娥。
不知李谪仙人在，曾向江头捉得么？

弄花香满衣

艳红影里撷芳回，沾惹春风两袖归。
夹路露桃浑欲笑，不禁蜂蝶绕人飞。

会魏夫人席上命小鬟妙舞曲终求诗于予以飞雪满群山为韵作五绝

飞字韵

管弦催上锦裀时，体段轻盈只欲飞。
若使明皇当日见，阿蛮无计恍杨妃。

雪字韵

香茵稳衬半钩月，来往凌波云影灭。
弦催紧拍促将遍，两袖翻然做回雪。

满字韵

柳腰不被春拘管，凤转鸾回霞袖缓。
舞彻《伊州》力不禁，筵前扑簌花飞满。

群字韵

占断京华第一春，清歌妙舞实超群。
只愁到晓人星散，化作巫山一段云。

山字韵

烛花影里粉姿闲，一点愁侵两点山。
不怕带他飞燕妒，无言相逐省弓弯。

读史

笔头去取万千端，后世遭它恣意瞒。
王霸谩分心与迹，到成功处一般难。

圆子

轻圆绝胜鸡头肉，滑腻偏宜蟹眼汤。
纵可风流无处说，已输汤饼试何郎。

即事

旋妆冷火试龙涎，香绕屏山不动烟。
帘幕半垂灯烛暗，酒阑时节未忺眠。

自责二首

其一

女子弄文诚可罪，那堪咏月更吟风。
磨穿铁砚非吾事，绣折金针却有功。

其二

闷无消遣只看诗，又见诗中话别离。
添得情怀转萧索，始知伶俐不如痴。

浴罢

浴罢云鬟乱不梳，清癯无力气方苏。
坐来始觉神魂定，尚怯凉风到坐隅。

宴谢夫人堂

竹引春风入酒卮，森森凉气暗侵肌。
冰峦四叠浑无暑，不似人间六月时。

吊林和靖二首

其一

不见孤山处士星，西湖风月为谁清。
当时寂寞冰霜下，两句诗成万古名。

其二

短篷载影夜归时，月白风清易得诗。
不识酌泉拈菊意，一庭寒翠蔼空祠。

答求谱

雨好解开花百结，风恬扶起柳三眠。
春酥酽处多伤感，那得心情事管弦。

得家嫂书

声声喜报鹊温柔，忽接芳缄自便邮。
一尺溪藤摛锦带，数行香墨健银钩。
倾心吐尽重重恨，入眼翻成字字愁。
添得情怀无是处，非干病酒与悲秋。

后　集

卷一（春景）

新春二绝

其一

雪从庾岭梅中尽，春向隋堤柳上来。
多少园林正萧索，纷纷争逐趁时开。

其二

黄宫阳气几潜伸，玉管吹灰适报春。
天子只知农事重，躬耕端的为吾民。

春日有作

景近清明节，垂杨翠缕长。
塞鸿归朔漠，海燕渡潇湘。
花丽繁争锦，莺娇巧啭簧。
西园正明媚，收拾入吟乡。

早春喜晴即事

山明雪尽翠岚深，天阔云开断翳阴。
漠漠暖烟生草木，薰薰和气动园林。
诗书遣兴消长日，景物牵情入苦吟。
金鸭火残香阁静，更调商羽弄瑶琴。

春晴

日暖风和明媚天，最宜吟咏入诗篇。
庭花吐蕊红如锦，岸流飞丝白似绵。
深院雕梁巢燕返，高林乔木谷莺迁。
韶光正近清明节，花坞楼台酒旆悬。

春日行

春云漠漠连春空，映阶草色绿茸茸。
不寒不暖雨新霁，满城佳气浮葱葱。
岸柳依依微烟笼，园林淡荡催花风。
东君造化一何工，施青绘紫复匀红。
多少闲花与凡卉，不论妍丑争夭秾。
燕舞莺歌昼晷永，帘幕无人门宇静。
何处飞来双蛱蝶，翩翻飞入寻香径。
可怜春色都九旬，朝欢暮宴归王孙。
秃毫写纸属诗人，长歌短什劳精神。
长歌短什聊自适，岂有佳句生《阳春》。

春游西园

闲步西园里，春风明媚天。
蝶疑庄叟梦，絮忆谢娘联。
踏草青茵软，看花红锦鲜。
徘徊月影下，欲去又依然。

春园小宴

春园得对赏芳菲，步草黏鞋絮点衣。
万木初阴莺百啭，千花乍拆蝶双飞。
牵情自觉诗豪健，痛饮惟忧酒力微。
穷日追欢欢不足，恨无为计锁斜晖。

春日书怀

从宦东西不自由，亲帏千里泪长流。
已无鸿雁传家信，更被杜鹃追客愁。
日暖鸟歌空美景，花光柳影谩盈眸。
高楼惆怅凭栏久，心逐白云南向浮。

春日亭上观鱼

春暖长江水正清，洋洋得意漾波生。
非无欲透龙门志，只待新雷震一声。

春昼偶成

默默深闺掩昼关，简编盈案小窗寒。
却嗟流水琴中意，难向人前取次弹。

春日杂兴

窈窕风光艳艳春，无言桃李一番新。
青回野烧草初染，光泛幽香兰可纫。
官柳欲眠多态度，海棠贪睡足精神。
旧游似梦浑情懒，对景无聊愁杀人。

立春日妆成宜春花

青幡碧胜缕金文，柳色梅花逐指新。
却笑尚为儿女态，宝刀剪彩强为春。

春晓杂兴

挑尽残灯梦欲迷，子规催月小楼西。
纱窗偷眼天将晓，无数宿禽花下啼。

寒食咏怀

淮南寒食更风流，丝管纷纷逐胜游。
春向眼前无限好，思亲怀土自多愁。

春燕

帘前日暖翩翩过，帘外风轻对对斜。
偏是社来还社去，年年不见腊梅花。

春夜感怀

清江碧草两悠悠，各自风流一种愁。
正是落花寒食夜，夜深无伴倚空楼。

独坐感春

翠密藏鸦绿柳堤，伤春懒矣步桃溪。
梦回窗下日当午，鸱鸠一声林外啼。

卷二（夏景）

夏日作

东风迤逦转南风，万物全归长养功。
舜岂无心阜民俗，薰薰歌入五弦中。

暑月独眠

纱幮困卧日初长，解却红裙小簟凉。
一篆炉烟笼午枕，冰肌生汗白莲香。

暑夜

水亭相对已黄昏，静数飞萤过小园。
窗下孤灯自明灭，无聊独自懒扃门。

夏夜有作

暑夕炎蒸著摸人，移床借月卧中庭。
更深露下衣襟冷，梦到阳台不奈醒。

夏夜乘凉

满意好风生水面，趁人明月到天心。

此时情绪谁能会，独坐中庭夜已深。

夏枕自咏

夏日初长候，风檽暑夕眠。

衣轻香汗透，睡重髻鬟偏。

颦绿攒眉小，啼红上脸鲜。

起来无个事，纤手弄清泉。

游湖归晚

恋恋西湖景，山头带夕阳。

归禽翻竹露，落果响芹塘。

叶倚风中静，鱼游水底凉。

半亭明月色，荷气恼人香。

西楼纳凉

小阁对芙蕖，嚣尘一点无。

水风凉枕簟，雪葛爽肌肤。

夏日游水阁

淡红衫子透肌肤，夏日初长水阁虚。

独自凭栏无个事，水风凉处读文书。

卷三（秋景）

秋日晚望

极目寒郊外，晚来微雨收。
陇头霞散绮，天际月悬钩。
一字新鸿度，千声落叶秋。
倚栏堪听处，玉笛在渔舟。

秋日行

萧瑟西风起何处？庭前叶叶惊梧树。
万物收成天地肃，田家芋栗初登圃。
杳杳高穹片水清，一点秋雕翥云路。
凄凄空旷雨初晴，凉飙动地收残暑。
高楼玉笛应清商，天外数声新雁度。
园林草木半含黄，篱菊黄金花正吐。
池上枯杨噪晚蝉，愁莲簌簌啼残露。
可怜秋色与春风，几度荣枯新复古。

秋日偶题

芙蓉斜倚胭脂脸，岩桂轻摇金粟花。
愁思不知秋浩荡，一鞭秋兴绕天涯。

早秋偶笔

肃肃凉风至，凄然景骤清。
雨余残暑退，日落晚凉生。
鹰隼双睛转，梧桐一叶惊。
试听松竹里，万籁起秋声。

七夕口占

三秋灵匹此宵期，万古传闻果是非。
免俗未能还自笑，金针乞得巧丝归。

新秋

一夜凉风动扇愁，背时容易入新秋。
桃花脸上汪汪泪，忍到更深枕上流。

初秋雨晴

雨后风凉暑气收，庭梧叶叶报初秋。
浮云尽逐黄昏去，楼角新蟾挂玉钩。

早秋有感

西风淅淅收残暑，庭竹萧疏报早秋。
砌下黄昏微雨后，幽蛩唧唧使人愁。

秋楼晚望

凉吹晚飕飕，芦花两岸秋。
夕阳楼上望，独倚泪偷流。

对秋有感

风倍凄凉月倍明，人间占得十分清。
可怜宋玉多才子，只为多情苦怆情。

秋夜舟行宿前江

扁舟夜泊月明秋，水面鱼游趁闸流。
更作娇痴儿女态，笑将竿竹掷丝钩。

中秋夜家宴咏月

九秋三五夕，此夕正秋中。
天意一夜别，人心千古同。
清光消雾霭，皓色遍高空。
愿把团圆盏，年年对兔宫。

中秋夜不见月

不许蟾蜍此夜明，始知天意是无情。
何当拨去闲云雾，放出光辉万里清。

中秋月

杳杳长空敛雾烟，冰轮都胜别时圆。
风传漏报天将晓，惆怅婵娟又隔年。

中秋玩月

独占秋光盛，天工信有偏。
清晖千里共，皓魄十分圆。
兔影寒犹弄，蟾蜍老更坚。
只愁看未足，一去又经年。

湖上咏月

清宵三五凉风发，湖上闻吟步明月。
涓涓流水浅又清，皎洁长空织霭灭。
水光月色环相连，可怜清景两奇绝。

秋夜感怀

满院含秋思，蟾辉映一方。
蛩吟喧曲砌，鸟宿傍回塘。
木落桐应瘦，宵寒漏正长。
安仁闲感慨，徒尔鬓苍苍。

小阁秋日咏雨

疏雨洗高穹，潇潇滴井桐。
润烟生砚底，凉气入堂中。
翠锁交竿竹，红翻落叶枫。
抚琴闲弄曲，静坐理商宫。

秋日得书

秋风本无意，愁思自难禁。
共月伤千里，来书胜万金。
代骝惊北吹，越鸟恋南林。
已有归宁约，何须惜岁阴。

秋深偶作

生杀循环本自然，可堪肃肃出乎天。
休嗟物理易雕瘁，好看西成报有年。

暮秋

潇潇风雨暗残秋，忍见黄花满径幽。
恰似楚人情太苦，年年对景倍添愁。

卷四（冬景）

新冬

日一北而万物生，始知天意在收成。
愚民未谕祁寒理，往往相为嗟怨声。

初冬书怀

触目圆池景，荷枯菊已荒。
风寒侵夜枕，霜冻怯晨妆。
江上枫翻赤，庭前橘带黄。
题诗欲排闷，对景倍悲伤。

冬日杂咏

爱日温温正涤场，老农击壤庆时康。
水催春韵捣残雨，风急枷声带夕阳。
霜瓦晓寒欺酒力，月栏夜冷动诗肠。
厌厌对景无情绪，谩把梅花取次妆。

霜夜

彤云黯黯暮天寒，半卷朱帘未欲眠。
独坐小窗无伴侣，可怜霜月向人圆。

长宵

霜月照人悄，迢迢夜未阑。
鸳帏梦展转，珠泪向谁弹？

探梅

温温天气似春和，试探寒梅已满坡。
笑折一枝插云鬓，问人潇洒似谁么？

冬至

黄钟应律好风催，阴伏阳升淑气回。
葵影便移长至日，梅花先趁小寒开。
八神表日占和岁，六琯飞葭动细灰。
已有岸旁迎腊柳，参差又欲领春来。

冬夜不寐

推枕鸳帏不奈寒，起来霜月转阑干。
闷怀脉脉与谁说，泪滴罗衣不忍看。

咏雪

六出飞花四面来，连山接水皓皑皑。
玲珑天地苍茫合，的皪园林烂漫开。
庾岭腊梅寒散乱，章台风柳絮萦回。
自言空有孤吟癖，览景惭无谢氏才。

观雪偶成

凭阑观雪独徘徊，欲赋惭无咏絮才。
盐撒空中如可用，收藏聊与赠羹梅。

雪夜赓笔

夜雪飞花似月明，交连寒影透门庭。
只宜挟策临窗坐，免用辛勤更聚萤。

江上雪霁

江水冰消起绿鳞，川原荡涤少烟尘。
风吹南北溪桥畔，柳色参差欲漏春。

对雪一律

纷纷瑞雪压山河，特出新奇和郢歌。
乐道幽人方闭户，高歌渔父正披蓑。
自嗟老景光阴速，唯使佳时感怆多。
更念鳏居憔悴客，映书无寐奈愁何?

赏雪

朱帘暮卷绮筵开，风雪纷纷入酒杯。
对景恨无飞絮句，从今羞见谢娘才。

围炉

昨夜霜风透胆寒，围炉漫忆昔年欢。
如今独坐无人说，拨闷惟凭酒力宽。

除夜

休叹流光去，看看春欲回。
椒盘卷红烛，柏酒溢金杯。
残腊余更尽，新年晓角催。
争先何物早？唯有后园梅。

卷五（花木）

海棠

天与娇娆缀作花，更于枝上散余霞。
少陵漫道多诗兴，不得当时一句夸。

芍药

芬芳红紫间成丛，独占花王品第中。
到底只留为谑赠，更劳国史刺民风。

牡丹

娇娆万态逞殊芳，花品名中占得王。
莫把倾城比颜色，从来家国为伊亡。

黄芙蓉

如何天赋与芬芳，徒作佳人淡伫妆。
试倩东风一为主，轻黄应不让姚黄。

长春花

一枝才谢一枝殷，自是春工不与闲。
纵使牡丹称绝艳，到头荣瘁片时间。

蔷薇花

飞葩散乱拥栏香，万朵千枝不计行。
烂漫初开向清昼，会稽太守乍还乡。

芙蓉

满池红影蘸秋光，始觉芙蓉植在旁。
赖有佳人频醉赏，和将红粉更施妆。

樱桃

为花结实自殊常，摘下盘中颗颗香。
味重不容轻众口，独于寝庙荐先尝。

梅花二首

其一

园林萧索未迎春，独尔花开处处新。
只有宫娃无一事，每将施额斗妆匀。

其二

消得骚人几许时，疏离淡月著横枝。

破荒的皪香随马，春信先教驿使知。

直竹

劲直忠臣节，孤高烈女心。
四时同一色，霜雪不能侵。

荷花

暑气炎炎正若焚，荷花于此见天真。
香房馥郁随风拆，笑脸夭娆映水新。
间叶浅深殷似点，满地繁媚丽于春。
年年占得余芳在，几见当时步步人。

腊月踯躅一枝独开

园林经腊正凋残，独尔花开烂漫鲜。
借问陇梅知幸否？得陪春卉共时妍。

后庭花

岂意为花属后庭，荒迷亡国自兹生。
至今犹恨隔江唱，可惜当时枉用情。

乞兰

幽芳别得化工栽，红紫纷纷莫与偕。
珍重故人培养厚，真香独许寄庭阶。

卷六（杂题）

咏史十首

项羽（二首）、韩信、张良、陆贾、贾谊、董仲舒，晁错、刘向（二首）共八人

项羽二首

其一

自古兴亡本是天，岂容人力预其间。
非凭天与凭骓逝，骓不前兮战已闲。

其二

盖世英雄力拔山，岂知天意在西关。
范增可用非能用，徒叹身亡顷刻间。

韩信

男儿忍辱志长存，出胯曾无怨一言。
漂母人亡石空在，不知还肯念王孙？

张良

功成名遂便归休，天道分明不与留。
果可人间恋驹隙，何心愿学赤松游。

陆贾

汉方扰扰袭秦风，勇士相高马上功。
惟有君侯守奇节，能将《新语》悟宸衷。

贾生

文帝为君固有余，岂容流涕复长吁。
单于可系非无策，表饵陈来术已疏。

董生

秦火经来道失真，下帷发愤每劳神。
谁知异日为无得，只听平津一老臣。

晁错

七国绵延蔓草图，一言请削独干诛。
扬雄自负功名志，犹罪当时太失愚。

刘向二首

其一

洽闻博识似君难，况复腾凌宗室间。
屡谏不容甘畎亩，七侯同日亦何颜。

其二

王氏滔天擅国权，可堪恭显厕其间。
屡形天谴君非悟，徒使宗臣每犯颜。

卷七

题王氏必兴轩

福有根基善有源，必兴缘此敞新轩。
埋蛇入相真堪慕，屠狗封侯岂足论。
未必芝兰偏谢砌，好看车马集于门。
从来天报无先后，不在其身在子孙。

题余氏攀鳞轩

潇洒新轩傍琴岑，攀鳞勃勃此潜心。
易惊谁羡叶公室，入梦当为传说霖。
变化一身雷霹远，腾凌千里海波深。
卧庐曾比崇高志，肯忆当时《梁父吟》。

贺人移学东轩

一轩潇洒正东偏，屏弃嚣尘聚简编。
美璞莫辞雕作器，涓流终见积成渊。

谢班难继予惭甚，颜孟堪睎子勉旃。
鸿鹄羽仪当养就，飞腾早晚看冲天。

送人赴试礼部

春闱报罢已三年，又向西风促去鞭。
屡鼓莫嫌非作气，一飞当自卜冲天。
贾生少达终何遇，马援才高老更坚。
大抵功名无早晚，平津今见起菑川。

卷八（杂咏）

代送人赴召司农

当年持节使，宽厚出诚心。
郡国承风远，朝廷注意深。
十行初下诏，四海望为霖。
几夜台星转，光侵九棘林。

次韵见赠兼简吴夫人

南北常嗟见未因，停舟今喜笑谈亲。
张姬淑德同冰玉，李白高吟泣鬼神。
和管幸听鸣凤侣，滥竽还愧赏音人。
佳篇奖拂还过实，班卫声名岂易伦！

题四并楼

华榜危楼岂浪名，人间四者此环并。
日知光景无虚度，时觉清风满座生。

庚亮据床谈兴逸，仲宣倚槛客愁轻。

眼前此乐难兼得，许我登临载酒行。

题斗野亭

高亭忽登览，豁尔思无穷。

访古多遗迹，留题有巨公。

地分吴楚界，人在斗牛中。

不是乘槎客，那知此路通。

舟行即事七首

其一

帆高风顺疾如飞，天阔波平远又低。

山色水光随地改，共谁裁剪入新诗。

其二

扁舟欲发意何如？回望乡关万里余。

谁识此情肠断处，白云遥处有亲庐。

其三

画舸寒江江上亭，行舟来去泛纵横。

无端添起思乡意，一字天涯归雁声。

其四

满江流水万重波，未似幽怀别恨多。
目断新闱瞻不到，临风挥泪独悲歌。

其五

对景如何可遣怀，与谁江上共诗裁。
江长景好题难尽，每自临风愧乏才。

其六

岁暮天涯客异乡，扁舟今又度潇湘。
颦眉独坐水窗下，泪滴罗衣暗断肠。

其七

岁节将残恼闷怀，庭闱献寿阻传杯。
此愁此恨人谁见，镇日柔肠自九回。

寄大人二首

其一

去家千里外，飘泊若为心。
诗诵《南陔》句，琴歌《陟岵》音。
承颜故国远，举目白云深。
欲识归宁意，三年数岁阴。

其二

极目思乡国，千山更万津。
庭闱劳梦寐，道路压埃尘。
诗礼闻相远，琴樽谁是亲？
愁看罗袖上，长揾泪痕新。

和前韵见寄二首

其一

忽得南来信，殷勤慰我心。
新诗怜俊逸，清论忆容音。
目断乡程远，楼高客恨深。
三年重会合，依旧见荆阴。

其二

忆昔江头别，相看对古津。
去来分橹棹，南北隔音尘。
把酒何时共，论文几日亲。
归宁知有约，彩服共争新。

卧龙

角莹纤琼鳞粲金，拥珠闲卧紫渊深。
时来天地云雷与，起作人间救旱霖。

代谢人见惠墨竹

纷纷桃李皆凡俗，四时之中惟有竹。
非惟苍翠列风轻，对之自觉清人肉。
羡君年少多才艺，笔墨潜偷造化力。
扫出一枝爰惠我，清阴翠色惊满幅。
嗟我得之喜何似，贪夫忽获珠盈斛。
朝夕捧玩不知疲，如在太白楼上宿。
遽令标轴挂壁间，劲节直日长目前。
不必溪边寻六逸，不必林间访七贤。
岂使阎本与王维，独擅古今称神师。
又有屏间名浪得，误墨成形何足奇。
未若一笔扫一枝，渭川移来人莫疑。
珍藏欲默默不得，命笺索笔成新诗。
诗穷纸满意不尽，阁笔无语愧才稀。

卷九（补遗）

惜春

连理枝头花正开，妒花风雨便相催。
愿教青帝长为主，莫遣纷纷落翠苔。

春睡

午窗春睡足，推枕起来时。
瘦怯罗衣裉，慵妆鬓影垂。
旧愁消不尽，新恨忽相随。
有蝶传魂梦，无鸿寄别离。

月台

下视红尘意眇然，翠阑十二出云颠。
纵眸愈觉心宽大，碧落无垠绕地圆。

云掩半月

霜月迎寒着意圆，横天云浪碍婵娟。
嫦娥未肯全梳掠，玉鉴先教露半边。

三月三日

林花落尽草初齐，客里萧条思欲迷。
又是春光去时节，满城飞絮乱莺啼。

清明游饮少湖庄

清明玩赏正繁华，今日林梢落尽花。
人散酒阑春已去，一泓初涨满池蛙。

黄花

土花能白又能红，晚节犹能爱此工。
宁可抱香枝上老，不随黄叶舞秋风。

秋夜牵情

移根蟾窟不寻常，枝叶犹沾月露香。
可笑当年陶靖节，东篱犹殢菊花黄。

卷十（辑佚）

画眉

晓来偶意画愁眉，种种新妆试略施。

堪笑时人争仿佛，满城将谓是时宜。

【校】据北京图书馆藏明钞本《诗渊》补。

游旷写亭有作

旷写亭高四望中，楼台城郭正春风。

笙歌富庶千门乐，市井喧哗百货通。

叠叠民居还瓦屋，纷纷游蝶乱花丛。

凭栏忽念非吾土，目断白云心莫穷。

【校】据北京图书馆藏明钞本《诗渊》补。

咏梅

雪格冰姿蜡蒂红，水边山畔淡烟笼。

江风也似知人意，密递清香到室中。

【校】据北京图书馆藏明钞本《诗渊》补。

咏柳二首

其一

长丝袅娜拂溪垂，乱絮风吹漠漠飞。
全惜东君与为主，年年先占得韶晖。

其二

风牵袅袅摇无定，翠影侵阶已午天。
花发鸟歌春景媚，好看柔软吐香绵。

【校】据北京图书馆藏明钞本《诗渊》补。

雪晴二首

其一

桃李无言蜂蝶忙，晓寒未肯放春光。
花将计会千山日，风为栽埋一夜霜。

其二

早上新莺语尚蛮，花无气力倚雕栏。
幸蒙残雪回头早，又遣东风薄幸寒。

【校】据刘克庄《分门纂类唐宋时贤千家诗选》补。

夏萤

熠熠迎宵上，林间点点光。

初疑星错落，浑讶火荧煌。

着雨藏花坞，随风入画堂。

儿童竞追扑，照字集书囊。

【校】据北京图书馆藏明钞本《诗渊》补。

夏夜弹琴

夜久万籁息，琴声愈幽寂。

接引到清江，岩泉溜寒滴。

【校】据北京图书馆藏明钞本《诗渊》补。

惜花

病眼看花似梦中，一番次第又飞空。

朝来不忍倚树立，倚树恐摇枝上红。

【校】底本缺，据刘后村《分门纂类唐宋时贤千家诗选》补。

桃花

每对春风竞吐芳，胭脂颜色更浓妆。

含羞自是不言者，从此成蹊入醉乡。

【校】据北京图书馆藏明钞本《诗渊》补。

送燕

见尔来齐去亦齐，空巢零落屋庐低。
更无心记衔泥处，花絮春风小院西。

【校】据北京图书馆藏明钞本《诗渊》补。

观燕

深闺寂寞带斜晖，又是黄昏半掩扉。
燕子不知人意思，檐前故作一双飞。

对竹一绝

百竿高节拂云齐，千亩谁人羡渭溪。
燕雀漫教来唧噪，虚心终待凤凰栖。

竹

一径浓阴影覆墙，含烟敲雨暑天凉。
猗猗肯羡夭桃艳，凛凛终同劲柏刚。
风籁入时添细韵，月华临处送清光。
凌冬不改青坚节，冒雪何伤色转苍。

游西湖闻莺

野花啼鸟喜新晴，湖上波光漾日明。
底事伤春心绪懒，不堪愁里听莺声。

断肠词集

生查子

寒食不多时，几日东风恶。
无绪倦寻芳，闲却秋千索。
玉减翠裙交，病怯罗衣薄。
不忍卷帘看，寂寞梨花落。

生查子

年年玉镜台，梅蕊宫妆困。
今岁未还家，怕见江南信。
酒从别后疏，泪向愁中尽。
遥想楚云深，人远天涯近。

生查子·元夕

去年元夜时，花市灯如昼。
月上柳梢头，人约黄昏后。

今年元夜时，月与灯依旧。

不见去年人，泪湿春衫袖。

点绛唇

黄鸟嘤嘤，晓来却听丁丁木。

芳心已逐，泪眼倾珠斛。

见自无心，更调离情曲。

鸳帷犹，望休穷目，回首溪山绿。

点绛唇·冬

风劲云浓，暮寒无奈侵罗幕。

髻鬟斜掠，呵手梅妆薄。

少饮清欢，银烛花频落。

恁萧索，春工已觉，点破梅香萼。

浣溪沙·清明

春巷夭桃吐绛英，春衣初试薄罗轻。风和烟暖燕巢成。

小院湘帘闲不卷，曲房朱户闷长扃。恼人光景又清明。

菩萨蛮·秋

秋声乍起梧桐落，蛩吟唧唧添萧索。

欹枕背灯眠，月和残梦圆。

起来钩翠箔，何处寒砧作？

独倚小栏干，逼人风露寒。

菩萨蛮

山亭水榭秋方半，凤帏寂寞无人伴。
愁闷一番新，双蛾只旧颦。
起来临绣户，时有疏萤度。
多谢月相怜，今宵不忍圆。

菩萨蛮・木樨

也无梅柳新标格，也无桃李妖娆色。
一味恼人香，群花争敢当。
情知天上种，飘落深岩洞。
不管月宫寒，将枝比并看。

菩萨蛮・咏梅

湿云不渡溪桥冷，蛾寒初破霜钓影。
溪下水声长，一枝和月香。
人怜花似旧，花不知人瘦。
独自倚栏干，夜深花正寒。

减字木兰花・春怨

独行独坐，独唱独酬还独卧。
伫立伤神，无奈春寒著摸人。
此情谁见，泪洗残妆无一半。
愁病相仍，剔尽寒灯梦不成。

卜算子·咏梅

竹里一枝斜，映带林逾静。
雨后清奇画不成，浅水横疏影。
吹彻小单于，心事思重省。
拂拂风前度暗香，月色侵花冷。

谒金门·春半

春已半，触目此情无限。
十二栏干闲倚遍，愁来天不管。
好是风和日暖，输与莺莺燕燕。
满院落花帘不卷，断肠芳草远。

忆秦娥·正月初六日夜月

弯弯曲，新年新月钩寒玉。
钩寒玉。凤鞋儿小，翠眉儿蹙。
闹蛾雪柳添妆束，烛龙火树争驰逐。
争驰逐。元宵三五，不如初六。

清平乐

风光紧急，三月俄三十。
拟欲留连计无及，绿野烟愁露泣。
倩谁寄语春宵，城头画鼓轻敲。
缱绻临岐嘱付，来年早到梅梢。

清平乐·夏日游湖

恼烟撩露，留我须臾住。
携手藕花湖上路，一霎黄梅细雨。
娇痴不怕人猜，和衣睡倒人怀。
最是分携时候，归来懒傍妆台。

眼儿媚

迟迟春日弄轻柔，花径暗香流。
清明过了，不堪回首，云锁朱楼。
午窗睡起莺声巧，何处唤春愁?
绿杨影里，海棠亭畔，红杏梢头。

柳梢青·咏梅

玉骨冰肌，为谁偏好，特地相宜。
一味风流，广平休赋，和靖无诗。
倚窗睡起春迟，困无力、菱花笑窥。
嚼蕊吹香，眉心点处，鬓畔簪时。

柳梢青

冻合疏篱，半飘残雪，斜卧枝低。
可便相宜，烟藏修竹，月在寒溪。
亭亭伫立移时，拼瘦损、无妨为伊。
谁赋才情，画成愁思，写入新词。

柳梢青

雪舞霜飞，隔帘花影，微见横枝。
不道寒香，解随羌管，吹到屏帏。
个中风味谁知？睡乍起、乌云甚欹。
嚼蕊妆英，浅颦轻笑，酒半醒时。

鹧鸪天

独倚栏干昼日长，纷纷蜂蝶斗轻狂。
一天飞絮东风恶，满路桃花春水香。
当此际，意偏长，萋萋芳草傍池塘。
千钟尚欲偕春醉，幸有荼蘼与海棠。

鹊桥仙·七夕

巧云妆晚，西风罢暑，小雨翻空月坠。
牵牛织女几经秋，尚多少、离肠恨泪。
微凉入袂，幽欢生座，天上人间满意。
何如暮暮与朝朝，更改却、年年岁岁。

蝶恋花·送春

楼外垂杨千万缕。欲系青春，少住春还去。
犹自风前飘柳絮，随春且看归何处。
绿满山川闻杜宇。便做无情，莫也愁人苦。
把酒送春春不语，黄昏却下潇潇雨。

江城子·赏春

斜风细雨作春寒。对尊前，忆前欢。
曾把梨花，寂寞泪栏干。
芳草断烟南浦路，和别泪，看青山。
昨宵结得梦因缘。水云间，悄无言。
争奈醒来，愁恨又依然。
展转衾裯空懊恼，天易见，见伊难。

念奴娇·催雪

冬晴无雪，是天心未肯，化工非拙。
不放玉花飞堕地，留在广寒宫阙。
云欲同时，霰将集处，红日三竿揭。
六花剪就，不知何处施设。
应念陇首寒梅，花开无伴，对景真愁绝。
待出和羹金鼎手，为把玉盐飘撒。
沟壑皆平，乾坤如画，更吐冰轮洁。
梁园燕客，夜明不怕灯灭。

念奴娇

鹅毛细剪，是琼珠密洒，一时堆积。
斜倚东风浑漫漫，顷刻也须盈尺。
玉作楼台，铅熔天地，不见遥岑碧。
佳人作戏，碎揉些子抛掷。
争奈好景难留，风僝雨僽，打碎光凝色。
总有十分轻妙态，谁似旧时怜惜。

担阁梁吟，寂寥楚舞，笑捏狮儿只。
梅花依旧，岁寒松竹三益。

西江月·春半

办取舞裙歌扇，赏春只怕春寒。
卷帘无语对南山，已觉绿肥红浅。
去去惜花心懒，踏青闲步江干。
恰如飞鸟倦知还，淡荡梨花深院。

月华清·梨花

雪压庭春，香浮花月，揽衣还怯单薄。
欹枕徘徊，又听一声干鹊。
粉泪共、宿雨阑干，清梦与、寒云寂寞。
除却是江梅，曾许诗人吟作。
长恨晓风飘泊。且莫遣香肌，瘦减如削。
深杏夭桃，端的为谁零落？
况天气、妆点清明，对美景、不妨行乐。
拌着，向花前时取，一杯独酌。

附：

浣溪沙·春夜

玉体金钗一样娇，背灯初解绣裙腰。衾寒枕冷夜香销。

深院重关春寂寂，落花和雨夜迢迢。恨情和梦更无聊。

（按：此首见《诗词杂俎》本《断肠词》;《历代诗余》卷七亦作朱淑真词。一作韩偓词，见《香奁集》。一题作《春半》。）

绛都春·梅

寒阴渐晓，报驿使探春，南枝开早。

粉蕊弄香，芳脸凝酥琼枝小。

雪天分外精神好。向白玉、堂前应到。

化工不管，朱门闭也，暗传音耗。

轻渺。盈盈笑靥，称娇面、爱学宫妆新巧。

几度醉吟，独倚栏干黄昏后，月笼疏影横斜照。

更莫待、单于吹老。便须折取归来，胆瓶插了。

（按：此首见于《花草粹编》卷七十，皆作朱淑真词。《草堂诗余》后集卷下题为《早梅》，未标作者。）

阿那曲·春宵

梦回酒醒春愁怯，宝鸭烟销香未歇。

薄衾无奈五更寒，杜鹃叫落西楼月。

（按：此首见《断肠诗集》卷三，题为《春宵》。《诗词杂俎》本《断肠词》未收。）

酹江月

爱君嘉秀，对云庵、亲植琅玕丛簇。

结翠筠稍，津润腻、叶叶竿竿柔绿。

渐胤儿孙，还生过母，根出蟠蛟曲。

潇潇风夜，月明光透筛玉。

雅称野客幽怀，闲窗相伴，自有清风足。

终不凋零材异众，岂似寻常花木。

傲雪欺霜，虚心直节，妙理皆非俗。

天然孤淡，日增物外清福。

（按：此首历来各本均未收录，唯冀勤《朱淑真集注》据《诗渊》册十三录出。但《诗渊》于此词亦未标作者姓名，仅收录于朱淑真前后两词间，不知是否确为朱淑真作品，姑转录于此，以供参考。）

断句

王孙去后无芳草。

（按：此句见《花草粹编》卷二朱秋娘女郎《采桑子·集句》首句，句后注明引自朱淑真。）

［注］

本作品共收录朱淑真《断肠词》二十六首，存疑断肠词五首。共计三十一首词。参考书目有《朱淑真集注》《朱淑真集》《朱淑真传》和《朱淑真研究》等，部分资料来源于网络。其余参考文献、书目，限于体例、篇幅未能一一列举注明。由于本人能力限囿，书中舛误之处在所难免。私享笔记，本属私物，言语难免主观。望见谅。不当之处，还请方家指正。